LÀ OÙ LA CARAVANE PASSE

CÉLINE LAURENS

LÀ OÙ LA CARAVANE PASSE

roman

ALBIN MICHEL

À Anne-Laure Roudier

Je me rappelle cet été il y a un peu plus de vingt ans, c'était encore du temps de la Grande Dora. Il a débarqué des fougères longeant le champ qu'on nous avait alloué à Lourdes, à cette période de l'année où nous autres gitans « on apportait la pluie », comme disent les payou. À l'époque, je n'avais pas encore appris à débusquer les signes, je ne déchiffrais pas les indices de ce qui va se produire et dont la nature regorge pour qui sait l'écouter. Je n'avais pas encore nettement conscience de ce qui se cache derrière l'abord simple du vol d'un rapace, d'un silence soudain ou d'un éboulis de pierres. Le monde sous nos yeux, c'est comme une peinture où se mêlent les perspectives du passé, du présent et du futur, c'est tout mélangé comme les lignes d'amour, de vie et de fortune sur une paume qui serait la Terre. Là où l'aveugle ne fait que constater l'irrémédiable, l'initié le renifle en amont et apprend à l'accepter. Cet été d'il y a un peu plus de vingt ans, j'aime le conter à mes enfants dévêtus des oripeaux d'une quelconque époque, pour que ça parle plus au cœur. L'important, c'est que ça se déroulait à Lourdes et qu'on venait d'y arriver pour notre pèlerinage annuel sous un cagnard à donner la pépie à un dromadaire. Les filles tissaient les osiers machinalement, en discutant de tout et de rien, alors que nous les gars on avait du retard sur les préparatifs de la gogaille du soir. Chez nous autres, ce sont les hommes qui s'occupent à tour de rôle de la tambouille et, justement, je pelais des brassées de pommes de terre pour accompagner la volaille rôtie. C'était la caverne d'Ali Baba toutes ces pommes de terre, et elles semblaient se multiplier pour bien me faire suer comme il faut, tellement que j'étais tout enrubanné dans mes propres pelures comme un nobliau de l'époque ancienne, plein de falbalas. Quand je repense à l'Étranger maintenant, c'est toujours empli de cette odeur de terre, de la sensation râpeuse des pelures et de la lame froide et coupante, qui file entre mes doigts.

Lui, il a surgi et s'est assis sur une pierre à distance de nous autres, la face crayeuse, sans causer. Il transpirait beaucoup et sa chemise noire collait à deux-trois endroits de son grand corps maigre, soulignant des épaules osseuses et des bras longs et décharnés, ceux d'un homme habitué à travailler avec sa tête. Ceci dit, des secs, peut y en avoir des surprenants. L'un des nôtres, le père Genepi, avant qu'il aille en taule, c'était un petit sec. Bah cette brindille humaine, à lui seul il était capable de te démonter un manège et de te le remonter en un temps record. Une fois, il paraît qu'alors qu'il cherchait l'une de ses clefs à molette, la trouvant nulle part, il avait soulevé une camionnette qui se trouvait sur son chemin, juste comme ça, d'une main, pour vérifier si à tout hasard elle aurait pas glissé en dessous, « en bonne flemmarde comme toutes les femmes » qu'il pestait, et tout ça devant un banc de mômes ébaubis qui en étaient unanimement restés la bave au bec.

L'Étranger, ce qu'on voyait d'emblée, c'était une masse hirsute de cheveux blonds qui se dressaient sur son crâne. Mais c'est qu'une fois qu'il a levé les yeux dans ma direction, depuis le rocher où il était perché comme une cigogne, que j'ai ressenti qui il était. Sa vraie nature, c'était dans ses yeux qu'elle résidait. Son regard, c'étaient deux billes regorgeant d'une couleur trop présente pour qu'un être humain puisse la supporter à lui tout seul. C'était comme si le bleu des ciels sous lesquels il était passé avait infusé au travers des pores de sa peau, que je m'étais dit, et on voyait plus sa pupille, diluée qu'elle était dans son iris, comme un savon fondu dans un bac d'eau chaude et qui aurait laissé quelques atolls plus clairs surnageant, de-ci de-là, sur une mer oculaire à grands fonds. C'était comme s'il avait pas besoin de scruter le monde vu qu'il était en lui et le regarder en face, c'était s'exposer à des révélations qu'on avait pas forcément envie de partager, vu qu'on avait pas tous les épaules pour supporter la vérité de ce qu'il savait déjà sur nous et de ce qu'on pouvait donner. Un cultivateur, s'il sait que le carré de terre qu'il plante va être dévasté par la grêle, est-ce qu'il va aller au bout de son travail ? Bon, bah c'était plus ou moins ce que je subodorai au moment où il a fiché ses yeux dans les miens, puis qu'il les a promenés sur les membres du groupe alentour. Je me rappelle que, d'emblée, c'est un sentiment de sacré qu'il inspirait, comme une sorte de totem silencieux qui serait venu se perdre momentanément sur un coin de notre globe. Sa physionomie, c'était étonnant parce qu'à première vue on aurait pu le trouver banal, hormis la couleur de ses deux billes azur, mais en y regardant bien y avait une dissonance dans chacun de ses traits, qui le rendait étrangement beau. Il était comme un type de la haute dont la puissance reposerait pas sur des possessions matérielles, juste vêtu qu'il était des nippes d'un orgueil farouche et paré d'une sorte de splendeur passée. C'était comme une très ancienne musique qu'il transportait en baluchon et une odeur archaïque qui flottait autour de lui, faite d'encens et de peau de cochon roussie, de pierre et de coton frais. Son visage n'était pas vieux, la cinquantaine peut-être, mais ce qu'y avait dans ses yeux en revanche, ça n'avait pas d'âge.

Au bout d'un moment, j'ai sifflé entre mes dents

le signal qu'il y avait quelqu'un pour Amos. Amos, c'était un des doyens de notre clan, celui qui gérait avec les autres. Il parlait peu, Amos, mais il agissait bien. C'était toujours mesuré ses décisions, mais sans place pour le doute parce que, comme il disait : « Y a pas d'temps à perdre. » Amos a débarqué, torse nu, son gros corps de grenouille gonflée, miraculeusement contenu dans sa salopette, le visage noir et plissé par le soleil et l'air, comme un bel accordéon. C'était le contraire du grand maigre, Amos, lui on ne voyait pas ses yeux tellement qu'ils étaient engoncés dans la masse de chair de son visage. C'étaient deux fentes les yeux d'Amos et sa parole, c'était comme un jambon dont on aurait retiré le gras. Ses phrases, elles s'étiraient et s'arrêtaient à pic, juste avant ce qui aurait permis à la conversation de prendre son élan. D'un côté, les ronds d'jambes, c'était pour les cons et les coquets qu'il disait. Il s'est approché de l'Étranger l'air soupçonneux avec un « c'est pour quoi ? ». Le grand maigre ouvrait pas le bec, et son visage semblait désormais sourire du dedans. C'était comme s'il se souvenait d'Amos et que ça le faisait bien rire qu'il le reconnaisse pas. Après un petit bout de temps et l'avoir comme feuilleté du bout de ses yeux perçants, l'Étranger s'est présenté dans un calo relatif comme étant un cousin d'Émir, un des nôtres qui s'était sédentarisé et qu'on avait pas revu depuis bien longtemps. Il demandait l'hospitalité pour quelques jours et Amos tirait une drôle de bobine, comme un chien aux aguets à qui ce type bizarre commençait à dire quelque chose, mais finalement il a baissé les yeux comme s'il capitulait, las de sa mémoire trouée comme un gruyère, et il a juste proféré en haussant les épaules un : « Bon. Y a pas d'temps à perdre, alors » et ils sont partis vers là où la Grande Dora fumait sa pipe, près d'un ruisseau derrière le campement.

Elle aimait ça, la Grande Dora, fumer sa pipe les pieds dans l'eau. Ça la reliait mieux aux choses qu'elle disait. Puis, nul doute que ça devait lui permettre de soulager ses chevilles (qui étaient restées celles d'une jeune fille) du poids d'un corps qui avait épaissi de partout ailleurs. Elle avait une sacrée carrure, la Grande Dora, bien qu'elle soit voûtée, avec des épaules d'atlante, surmontées par sa petite tête olive à chignon blanc. Elle avait de larges mains aussi, pleines de rides et dont les paumes alternaient entre des sillons si profonds qu'on eût dit des cicatrices avec d'autres comme des alluvions légers tentant de se faire la malle, fusant dans toutes les directions. Surtout, sa ligne de vie c'était un tronc de chêne centenaire et noueux remontant jusqu'à une ligne de fortune frêle comme un câble d'équilibriste et prenant racine dans une ligne d'amour gondolée comme la crête de vagues indisciplinées, même si ses amours, elle en parlait jamais, la Grande Dora. C'était saisissant, dès qu'un nouveau-né débarquait, de la voir prendre sa petite main à l'intérieur des siennes, hommasses et teintées par le tabac sans cesse aplati lui servant à bourrer sa continuelle pipe. Cette pipe héritée de sa mère et avant elle de sa grand-mère et de toutes les femmes de sa famille, qui y avaient laissé la marque de leurs dents et en avaient poli le bec de leurs lèvres charnues. Souvent, elle passait son doigt dessus comme si elle demandait conseil à l'une ou l'autre de ses doyennes, là où, comme sur une frise chronologique, l'histoire de cette lignée de femmes était inscrite dans les entailles du tuyau et dans les battements de son cœur robuste. Souvent, perdue dans ses questions et ses souvenirs, elle discutait en fonction du conseil à demander avec sa tante Zélie, son arrière-grand-mère Frima ou Éléna la Grande, sa mère qui était morte bien jeune d'un mal de cœur affreux quand on avait essayé de lui faire prendre l'avion, à elle, une gitane fille de la Terre.

C'était la coutume, quand il y avait un inconnu qui arrivait, de l'emmener voir la Grande Dora qui savait toujours ce qu'il convenait de faire après l'avoir jaugé et on a donc tous repris nos occupations. Ensuite, je me rappelle juste que quand ils sont reparus, le repas était prêt et qu'on assaisonnait déjà les patates avec le jus du poulet pour que ça soit bien fondant. L'Étranger a pris place parmi nous, à la droite d'Amos et à côté de la Grande Dora qui présidait en bout de table, et après qu'on a récité le bénédicité, la soirée a vraiment pu commencer. La Grande Dora a levé sa première bouchée « à notre arrivée à Lourdes et à la procession, au cousin d'Émir nous faisant l'honneur de partager notre pitance et au père Genepi qui », comme chacun de nous le savait, allait « pas tarder à nous rejoindre vu que sa peine de prison est terminée ». Ce faisant, elle a lancé un regard à Thérésa la Harpie, la femme du père Genepi, et a conclu : « Puisse-t-il rester longtemps parmi nous, cette fois-ci », en enfournant le bout de poulet dans sa bouche et en le baptisant d'une gorgée de vin rouge. Amos s'est lancé dans une improvisation quant à la soi-disant signification du plat : les ailes du poulet qui signifieraient notre voyage permanent et le fait qu'on les donnait principalement aux jeunes mariés, après l'enlèvement rituel qui marque leur décision de convoler, pour leur porter chance. La tête qui signifierait la noblesse et le devoir de mémoire des traditions et le furcula qui correspondrait à la part de hasard qui entre dans toutes les décisions à prendre face à deux voies différentes devant lesquelles on hésite. Les pommes de terre, c'était le sol à qui on rendait grâce en l'irriguant avec la sauce, comme la terre en la travaillant. Les entrailles du poulet, enfin, c'était le trésor des histoires et des légendes de notre peuple et qu'on a dans nos tripes. Ça se tenait, sa création impromptue à Amos. Un gitan, ça se doit de toujours savoir improviser pour survivre et l'imaginaire, ça s'entraîne.

La jolie Sara prenait des airs de dame tandis qu'elle nous servait en compagnie de ses camarades, comme de vraies petites femmes, ce qui nous faisait tous bien rire. C'était la perle de notre clan, Sara, la petite-nièce de Pepino et l'enfant de tous vu qu'elle était comme orpheline. Sa mère s'était compromise avec un gitan déjà marié qui ne savait pas que leur union d'un soir avait porté un fruit. Après avoir accouché de la jolie Sara, elle l'avait confiée au frère de son père et était partie sillonner le monde. Personne ne savait si elle reviendrait un jour. Elle avait les beaux cheveux de nos filles, la petite Sara, noirs, longs et plus imposants que sa silhouette. Elle avait des cheveux d'adulte, la petite Sara, et c'était à la fois magnifique et bizarre comme ça jurait avec son gabarit tout frêle de petite fille de dix ans pas formée. Avec la robe qu'elle avait mise pour l'occasion, sa robe à volants qui collait à son petit torse fier et droit qu'une poitrine n'honorait pas encore, elle était comme une liane farouche aux yeux durs et profonds, avec sa bouche pincée par l'attention qu'elle prenait à tous nous servir de la même manière. Sentant la solennité d'avoir un hôte à bien traiter, elle s'est saisie, à l'aide d'une cuillère et d'une fourchette, du cœur de la volaille, et, après avoir lu un acquiescement tacite dans les yeux d'Amos à qui ce mets échoyait habituellement, elle l'a déposé, dignement, dans l'assiette du voyageur, qui a lentement incliné la tête en la fixant intensément. Cette fois-ci il souriait extérieurement, tandis que la Grande Dora racontait : « Nous, les fils du vent, sommes issus de la lignée de Golur le Magnifique et d'Ormunda la Belle. Avant que le monde ne ressemble au monde que nous connaissons, avant que les hommes ne décident de s'attacher telle ou telle once de terre, que le temps s'écoule de gauche à droite ou que les forêts cessent de parler aux hommes, Golur le Magnifique parcourait le monde sur son pur-sang Zefira, faisant de la course de ses sabots tourner la Terre. Or il advint, quand il devint homme, que Golur le Magnifique entendît parler dans le chant des oiseaux d'Ormunda la Belle et qu'il lui prît l'envie de voir de ses propres yeux cette créature qui était décrite comme la plus belle chose qui puisse être contemplée. Un jour qu'elle était partie prendre son bain, auquel seuls certains prétendants triés sur le volet avaient la chance d'assister, Golur, qui s'était pour l'occasion transformé en aigle, vint se poster sur une branche et assista à ce qui devait être le plus grand évènement de sa vie. Ormunda la Belle arriva dans la clairière, sa nudité cachée par de longs voiles de soie blanche qui étaient portés comme une traîne par deux suivantes. Se dirigeant vers le petit lac que la clairière renfermait, elle se dévêtit et pénétra dans l'onde diaphane qui bien que profonde n'arrivait pas à atténuer l'éclat de sa peau blanche. Seul apparat, ses cheveux blonds étaient noués en chignon par une pince ornée d'une perle de la taille d'une noix. C'était bien le seul bijou qui pût rehausser sa beauté presque surnaturelle. Elle avait le corps souple et long, agencé en des proportions sphériques elles aussi parfaites et dégageait tellement de noblesse et de fierté qu'elle n'était pas impudique en se baignant ainsi au milieu de ces hommes. Les esclaves frottaient ses épaules altières d'onguents se diluant dans l'eau et, pendant ce temps, les soupirants qui étaient tous fils de roi, en vénération, n'osaient soutenir de leur regard une telle image de la perfection humaine. Golur, quand il la vit, perché sur sa branche, se dit qu'il préférerait désormais ne plus jamais vivre si cette femme ne devenait pas la sienne et un soir, alors qu'Ormunda la Belle reposait ses yeux verts d'un sommeil mérité et que sa fenêtre était ouverte, toujours sous la forme d'un aigle majestueux il l'enleva. Ce fut le premier des enlèvements qui devinrent notre tradition. Quand deux gitans décident de se marier, avant que les parents ne soient au courant, le jeune homme enlève sa moitié qu'il rend femme. Rentrés, ils se présentent au père qui donne sa bénédiction. »

Peu de temps après, tandis que la ripaille était bien entamée, la petite Sara et ses trois amies se sont dirigées au centre des tables qui formaient comme une arène entrouverte. Sara, avec sa robe à volants blanche était au milieu du groupe. Elle a levé l'un de ses bras maigres et fuselés vers le firmament, brandissant un petit poing déterminé pour imposer le silence. Elle a frappé, comme un cheval se cabrant, le sol du bout de son pied, trois fois, levant le nez au ciel et fermant les yeux. Il faisait chaud et pas un souffle de vent ne soulevait la nappe ou n'agitait les arbres. Ses cheveux de femme tombaient en dessous de ses fesses, presque à mi-mollet tellement sa tête était renversée. Personne aurait pensé à rire, c'était subjuguant cette petite femme si fière, et après avoir détendu son poing en en libérant ses doigts un à un, elle a débuté son moulinet de la main, saisi le pan de sa robe et commencé son *zapateado* en tournoyant sur elle-même et en faisant valser ses volants, tandis que ses amies, pareilles à trois génisses enserrant un toréador, claquaient des mains et sautaient sur place. Sara, cette petite danseuse de flamenco, ce soir-là elle dansait pour l'hôte, pour lui offrir un aperçu du trésor des gitans, de la fièvre, celle qui coule dans la vigne de nos veines. Jamais je ne la vis si belle, si fière et si sensuelle, déjà, malgré son jeune âge. Le voyageur, son regard, c'était comme s'il voyait en elle, comme s'il voyait au travers d'elle et des évènements à venir de sa vie. Il avait d'yeux que pour elle et, à la fin de sa danse, il lui a offert une petite boîte qui contenait un très beau ruban de soie bleu pour « remercier la reine de la fête de son hospitalité ». Parlant d'hospitalité, il buvait pas de son vin, ce qui nous empêchait de le resservir pour porter des toasts à ceux qui se levaient pour se présenter. C'eût été une grande offense s'il avait été un gitan de notre clan, car l'alcool est sacré et permet de chanter vrai, mais c'était un nouveau venu, un pas-de-chez-nous, alors on a continué à se lever successivement, à donner nos noms et à faire mousser nos qualités comme des paons. J'ai présenté Dora, la Grande Dora qui avait le don de parler aux plantes, de lire les lignes de la main et de comprendre le vol des oiseaux ; Amos, qui était sage et réservé mais qui, si un outrage à l'honneur survenait, pouvait étrangler deux hommes simultanément avec chacun de ses poings. Joseph qui courait tellement vite que les blés ployaient sur son passage ; Liam, né d'un père gitan et d'une mère mongole et qui d'une pichenette pouvait réduire en poudre n'importe quel bloc de béton armé. Il y avait les jumeaux, Pedro et Roberto, qui partageaient les femmes, la boisson et le travail. L'un construisait les murs des maisons et l'autre les toitures, et tout cela si vite qu'à chaque fois qu'ils levaient le camp, c'était presque des villes entières qu'ils abandonnaient derrière eux. Il y avait Tito, Tito la Zozote qui avait honte de parler depuis qu'ayant vitupéré sur une femme du clan celle-ci lui avait coupé le bout de la langue ; il y avait Gaetano, Gaetano l'Impair et ses impairs. Y avait la vieille Flora dite la Midas et Mateo la Tremblote, Ernest la Guigne et Paulo-Pipe-Dés. Antonio, Paco et Miguel, quant à eux, étaient introuvables puisqu'ils avaient pas pu interrompre une partie de dés où ils avaient parié une caravane dernier cri, et Livio était on ne sait où, certainement à découper une chenille en morceaux ou à arracher la queue des pauvres lézards noctambules. Et il y avait Diego, Don Diego la Courge, et Pepino dit la Pince-Royale, nos vénérables arlequins.

Il nous écoutait, l'Étranger, sereinement et avec attention, comme un seigneur à qui une cour de saltimbanques aurait fait les honneurs. Voici le souvenir premier que j'ai du voyageur, le souvenir de la première fois où je l'ai vu et connu, parce qu'après, comme le disait ma mère, dès la deuxième fois que tu vois un homme sa nature t'a déjà échappé. C'est ce souvenir que j'ai de lui, le souvenir de deux prunelles brillantes, fendant l'obscurité de leur couleur, au milieu du chant guttural de la mélopée des grands-mères. L'Étranger qui observait, nullement réceptif à la poésie du violon et de la guitare, tandis que les garçons sautaient au-dessus du feu en se lançant des gages. L'Étranger indifférent à Matilda la Belle qui lui tournait autour pour nous rendre jaloux, elle pour qui n'importe quel homme aurait coupé ses attributs pour les lui offrir le lendemain, s'il avait eu la chance de passer rien qu'une nuit en sa compagnie. L'Étranger allant et venant calmement au milieu des groupes, tandis que ces jeunes coqs de Jules et de Mathias étaient déterminés à faire tenir leur bras de fer toute la nuit et cela malgré des vivats de plus en plus ensommeillés et épars. Je me souviens de l'Étranger prenant place à côté de Livio revenu d'on ne sait où, de la fumée morte du feu montant vers un ciel piqué d'étoiles plus grosses que des perles royales, de leurs silhouettes de dos qui se fondaient dans la nuit noire d'une veillée où les légendes ancestrales se murmuraient du bout des lèvres et du fond des ventres.

Le lendemain de cette soirée d'arrivée, on a chacun pris le chemin de l'un des villages jalonnant la montagne. Pour l'ouvrage, ça on était servis tellement qu'y en avait des bleds. C'était comme si le Bon Dieu avait ouvert le poing et en avait déversé une pleine cascade, les laissant s'agripper à tel ou tel coteau, selon leur bon vouloir, jusqu'à la grande ville en contrebas.

Chaque année, on se répartissait le travail par équipes de deux et cette fois-ci j'avais hérité de Miguel pour aller proposer mes services aux habitants de Marsoudan. C'est comme des sherpas, comme des couteaux suisses humains, qu'on est arrivés suants sous notre trop-plein de fourbi. On s'était arrangés, Miguel proposerait des menus travaux de bricolage pour amorcer la conversation, et moi tout ce qui était peinture et ravalements. J'étais content d'être tombé sur Miguel qui parlait peu et présentait bien, vu qu'il avait une bonne quarantaine d'années. Faut pas croire, les gens ils s'arrêtent aux apparences et deux jeunes gitans qui débarquent dans un village, ça fait mauvais genre. Deux jeunes gitans qui arrivent comme ça, tu peux être sûr qu'avant même qu'ils aient sonné à la première porte tous les habitants sont déjà enfermés à double tour et qu'ils surveillent leurs poulaillers depuis les fenêtres.

La première maison devant laquelle on s'est arrêtés était belle et blanche comme l'idée que je me faisais des maisons grecques. Autour d'elle, comme une collerette s'étendait un jardin rond dont les fleurs et les arbustes dégobillaient au-dessus de murets de pierre la cachant au regard des curieux. Ça sentait les propriétaires soignés, cette maison rayonnante au milieu de la verdure. Par les fenêtres, j'ai vu deux petites têtes bouger, l'une à l'étage et l'autre au rez-de-chaussée. Alors que je faisais des signes dans leur direction, j'ai entendu un raclement de gorge qui semblait venir de pas loin. Y avait une jeune fille dans l'herbe que j'avais pas vue tout de suite, installée qu'elle était derrière le muret de pierre et qui bronzait sur une chaise longue dans un creux de la pelouse. Après un signe de la main et avoir un peu rabattu sa jupe sur ses jambes, elle nous a dit : « Ce n'est même pas la peine d'espérer. Ici, elle ne vous donnera rien à faire. » On a détourné la tête devant le spectacle de cette femme à moitié nue pour pas nous attirer d'ennuis. Elle était pas très farouche, comme le sont les gadjis, et a arrêté sa lecture, posant son gros livre sur son torse, un peu renversée en arrière à cause de l'inclinaison de la chaise. On pouvait bien parler de torse, parce que ce que j'avais pas pu d'emblée m'empêcher de remarquer, c'est qu'elle était dotée d'un buste aussi plat que celui d'une limande. Leurs filles, parfois, c'est comme des martyres politiques qui font la grève de la faim, c'est comme si s'étioler et refuser les jouissances de la vie en empêchant leur féminité de se développer, c'était un acte politique qui allait les mettre à l'égal des hommes. Elle, par exemple, vu la non-épaisseur de sa poitrine et le bouquin, ça devait être une casse-pied en chef, le genre à avoir un avis sur tout et à tyranniser son type qui finirait mutique. Quand je pensais au beau buste de Matilda, plein et narguant les cieux, quel rêve que de l'avoir entre les mains, de le mordiller, puis d'y reposer la tête pour s'endormir… La pauvre devant nous n'aurait jamais cet aspect sensuel et réconfortant de la femme mère, mais elle devait se dire que ce qu'elle avait dans la tête compensait. Bah. Après tout elle faisait bien ce qu'elle voulait de sa vie. Elle avait une drôle de coiffure, j'ai remarqué, une sorte de chignon en hauteur sur le dessus de sa tête comme un nid de cheveux d'ange, un nez si fin que c'était à se demander comment elle respirait et, quand elle a ôté ses lunettes, j'ai vu deux grands yeux sombres et vifs se poser sur moi. Comme on regardait toujours la façade en espérant que la vieille femme aperçue en bas allait venir nous ouvrir ou au moins sortir demander ce qu'on voulait, elle a repris : « Ça ne veut rien dire, elle passe sa journée à la fenêtre, à épier le moindre va-et-vient. Là, par exemple, à peine aurez-vous fait trois pas comme pour partir qu'elle va se saisir de son téléphone pour informer les quelques connaissances du village qu'elle a encore, ou du moins ceux qui acceptent de lui répondre, de votre arrivée. » On était pas plus avancés et je regardais la façade avec une franche pitié. Tout de même, y aurait eu du travail à bien y regarder. La gouttière par exemple, elle était bancale et quelques ardoises se faisaient la malle sur la toiture, comme des mèches mal rabattues sur le haut de la tête d'un pelé. Mes yeux se sont encore arrêtés sur la silhouette de la femme postée devant la fenêtre de l'étage. Madame Je-sais-tout a dû se douter de ce que je regardais et se replongeant dans sa lecture elle nous a murmuré : « Elle ? C'est sa prisonnière. » La vieille femme en bas a ouvert la fenêtre et une petite voix stridente s'est élevée : « Eh ! On a besoin de rien. Eh ! ». Elle était minuscule et avait une tête carrée engoncée dans des épaules sans aucune nuque, on aurait dit un petit pantin se déplaçant au rythme saccadé de ses propres interjections. « Vous voyez, je vous l'avais bien dit », a repris la Limande en haussant les épaules. En nous éloignant, j'ai noté qu'elle s'était saisie dans l'intervalle d'un plein verre de Ricard qui était dissimulé derrière l'un des pieds en fer de la chaise longue. Il était même pas midi. Elles ont vraiment plus de pudeur, que je me suis dit. C'est pas qu'elle ait l'air méchante, mais nous, nos femmes, elles se seraient jamais laissées aller à boire comme ça en public. De toute manière, on les aurait pas laissées faire. En continuant ce qui me semblait être un véritable chemin de croix, avec mes brosses à peinture et toute ma cargaison perchée sur le dos, j'ai continué à suivre des yeux la fenêtre du haut, et la vieille femme a semblé me faire un signe de la main auquel j'ai pas pu répondre vu que les miennes étaient occupées par mille et un seaux.

En continuant de grimper notre Golgotha de route, on a croisé une femme assez ronde qui promenait un vieux monsieur tout courbé par les âges. Ils se déplaçaient à une vitesse infime et alors qu'on arrivait à leur hauteur, Miguel les a salués avec chaleur : « Bonjour monsieur Arturo, bonjour madame Sido. » Elle nous a regardés avec un franc sourire, d'un blanc plus blanc que blanc comme elle était très bronzée. « Alors ça y est Miguel, vous êtes arrivés ! », qu'elle a dit avec un bel accent pointu. « Mais c'est pas vrai qu'on est déjà début août. J'ai l'impression que t'étais là hier. » Miguel a posé sa main rugueuse de travailleur sur celle du vieillard à lunettes de soleil. « Mais monsieur Arturo, c'est que c'est la grande forme, à ce que je vois », a-t-il repris. Sido lui a fait un petit signe discret en direction de son oreille et a répété bien fort : « Eh, Arturo, tu entends ce que te dit Miguel, que tu as l'air d'être en pleine santé. Un cabri le Arturo, oui oui ! » « Si vous le dites », a sorti tout de go le vieillard en continuant d'avancer à deux à l'heure, « si vous le dites ». « Eh », a renchéri madame Sido, « on ne fait que s'engueuler tous les deux, ça entretient faut croire. *Aupepepi !* » « *Quespepi !* », a repris le vieux en continuant sa marche de forçat, appuyé sur l'avant-bras de sa fille en chiffonnant ses joues brunes d'un sourire diffus. « Miguel, va voir du côté du gîte des Traor, ils ont eu un gros dégât des eaux et ils perdent de l'argent sur les locations saisonnières, ça a eu le temps de sécher, tu as de la chance, vas-y et dis que tu viens de ma part. » Miguel a regardé madame Sido avec l'air de se demander si c'était une très bonne idée de se recommander d'elle, mais il a acquiescé poliment et pendant que le père et la fille s'éloignaient comme des bonzes chinois en contemplation devant l'horizon d'une promenade qui aurait pu durer mille ans, madame Sido a lancé : « On t'attend à dix-sept heures, comme d'habitude ? », ce sur quoi Miguel a encore acquiescé silencieusement.

J'ai su après, durant les derniers mètres qui nous séparaient du gîte des Traor, qu'Arturo était un des nôtres qui avait fini par s'installer. « Madame Sido, c'est une vraie chica », répétait Miguel, une femme qui a vécu en Afrique, au Maghreb, partout, et dont le mari qui était un de ces sales Occidentaux sans le sens du devoir, sans honneur et sans *cojones*, l'a abandonnée pour une jeune traînée. « Évidemment », a poursuivi

Miguel, « imagine une femme comme madame Sido qui a voyagé partout, qui comme nous est une fille du vent, à l'année dans l'un de ces villages où ils sont tous agglutinés à pourrir entre eux depuis des générations. Mais il fallait qu'elle vienne s'occuper de son père comme il voyait plus rien. Ils vivent à deux sur sa prime d'invalidité qui est pas bien grosse mais bon, ils sont pas dépensiers, alors ! Ils l'ont fait souffrir madame Sido, même si elle est fière et qu'elle le montre pas. Ils la calomnient, madame Sido, et ils la traitent de ce qu'elle est pas parce qu'elle a le malheur d'inviter à sa table des gens de différents milieux. Nous, par exemple. Mais elle est au-dessus de ça, madame Sido, maintenant, et c'est une amie, une vraie avec le sens des valeurs et la fidélité », qu'il a conclu, tandis qu'il s'approchait de la porte du gîte pour y frapper en éclaireur.

Pendant que Miguel négociait, je me suis assis sur un banc pour fumer une roulée bien méritée, pas loin d'un calvaire représentant le fils de Notre Seigneur en croix et je me suis signé. Il commençait sous de bons auspices, notre pèlerinage. Si Dieu le voulait bien, on en aurait par-dessus la tête du travail. Miguel est vite revenu, l'affaire était dans la poche et y en avait au bas mot pour cinq à six jours de travail, temps de sèche compris. Nous laissant nous installer, le propriétaire, un jeune type de trente-trente-cinq ans nous a blagués en s'ouvrant une bière avant de partir retrouver ses enfants : « Courage les gars et cette année j'espère que vous nous apporterez pas la pluie ! »

Tu parles qu'on allait la leur apporter la pluie, on y comptait bien. On s'en faisait un devoir de laver leurs montagnes de tous les vices qu'ils y avaient accumulés pendant un an. La grande lessive, tiens ! Un jour y aurait un déluge qui les emporterait d'en haut jusqu'à la basilique d'en bas et hop, comme dans une cuvette qui se vide ils disparaîtraient tous. En attendant, le soleil tapait fort à l'extérieur et une poussière étouffante s'élevait des chemins de terre qui étaient pas goudronnés. Pendant que Miguel mélangeait les peintures et bâchait les pièces à repeindre, je me suis baladé à l'intérieur du bâtiment.

À côté de la partie gîte, y avait une grande salle vide avec des chaises empilées les unes sur les autres dans un coin. C'était paisible et j'ai observé une série de photographies argentiques sur les murs. Ça représentait dans des tons noirs et blancs des détails du village pris à différentes saisons et des paysages. Y avait un petit texte explicatif au bout de la série avec marqué : « Eugène Doub, artiste photographe, 1925-1972 – Eugène Doub a tenté de rendre grâce aux paysages de nos douces montagnes en photographiant les milles et une facettes d'une nature multiséculaire jamais semblable. Il repose désormais, fleur parmi les fleurs. » Y avait une faute d'orthographe à mille, mais c'était plus touchant que niais, cet hommage à un mort. On voyait des photographies de l'église du village prise sous différents angles, la façade de ce qui semblait être un tabac-épicerie, une école primaire, puis des photos du cimetière et de ruines envahies par la végétation. Alors que je m'arrêtais pour en observer certaines, une hirondelle sortie de nulle part a attiré mon regard dans un renfoncement. Y avait un portrait légèrement flou du photographe qui semblait devoir clôturer la série. La tristesse qui se lisait sur ses traits, c'était dur à regarder en face. Les rides de son front ressortaient bien avec le noir et blanc et aussi le fait qu'il était tout voûté, comme un homme qui aurait abdiqué et qui serait plus vraiment un homme vu qu'il espérait plus. La deuxième photo, c'était la maison devant laquelle on était passés plus tôt avec Miguel, la maison à la jeune fille au pastis qui me faisait penser aux maisons grecques et j'ai été parcouru d'un frisson étrange en distinguant ce qui me semblait être une figure qui observait, à l'étage supérieur.

On en a appris un peu plus en fin d'après-midi quand on est allés chez monsieur Arturo et madame Sido. On aurait pu croire qu'ils vivaient dans leur jardin tellement y étaient entassées de choses et tellement la maison était charmante mais toute ramassée sur elle-même. Madame Sido nous a servi des calimuchos un peu tièdes vu que son frigo marchait mal et nous, on a pas fait la fine bouche. Faut dire qu'on avait pas eu le temps de faire une seule pause de l'après-midi, avec le propriétaire qui était sans arrêt dans nos pattes à nous donner des conseils inutiles et à vérifier qu'il nous payait pas à rien faire. Ça et la touffeur qui régnait dans ces vieilles pierres chauffées à blanc, nos bobines, ça m'a fait l'effet de deux saumons rougeauds en papillotes, quand on en est sortis après avoir badigeonné les dernières couches d'enduit. « C'est le fils à qui vous avez affaire », nous a dit madame Sido, « il a décidé d'arrêter de travailler dans une banque du coin pour louer la ferme de ses grands-parents comme gîte estival. C'est un malin, avec tous les pèlerins qui débarquent il aurait eu tort de s'embêter. En quelques mois, il gagne de quoi vivre toute l'année, sans compter les Bed & Breakfast qu'il a aussi l'intention d'y établir pour les Allemands et les Anglais. Un paysagiste est venu et grâce à vous il pourra louer d'ici quelques semaines. L'été est pas terminé à votre départ, faut pas croire ! On a beaucoup de monde en septembre, puis avec Noël, les mariages religieux… » Plus loin, Arturo était assis sur une chaise, toujours affublé de ses lunettes de soleil et stoïque, comme un petit piaf picorant son grain, il inclinait de temps à autre sa bouche à la dentition de piano pour siroter sa boisson avec une paix sereine. Il devait pas peser plus de cinquante kilos, chaise comprise, le père Arturo. Son derme, on aurait dit un hareng saur asséché par le soleil des montagnes. Sa fille aussi avait la peau teintée et marquée par le soleil, mais elle avait quelque chose de fascinant qui se dégageait de ses yeux plissés d'un vert très clair et de ses cheveux blond or et bouclés jurant avec sa peau basanée. On sentait qu'elle avait dû faire gémir des cœurs dans ses jeunes années et malgré ses épaules un peu larges et son ossature lourde, elle gardait un je-ne-sais-quoi de piquant certainement lié à son caractère de chipie légèrement décatie. Elle taquinait le vieux en parlant exprès de lui bien fort à la troisième personne : « C'est qu'on est pas si mal ici l'été, je serais même bien de chez bien quand cet horrible *bourroutou* y sera passé. Hein Arturo, t'entends ce que je dis, vieux *bourroutou.* » Et Arturo qui l'ignorait rétorquait parfois des *aupepepi* machinaux, et elle lui répondait de ses *quespepi* d'usage. On en était à notre troisième calimucho, qui à ce qui me semblait était le plus chaud des trois, et les cacahuètes qui l'accompagnaient me donnaient l'impression d'être une momie retrouvée dans un marais salant, quand j'ai demandé en postillonnant des bouts d'apéritif à tout-va qui c'était que cet Eugène dont j'avais observé les photos sur les murs du gîte. À ce que nous a appris madame Sido, ces photographies faisaient partie d'un lieu « d'exposition culturelle » mis en place par le maire de l'époque. Il n'avait d'ailleurs jamais rien accueilli de culturel jusqu'à ce que quelqu'un lance l'idée que ce serait bien pour mettre en valeur le patrimoine du village (et pour faire cracher les pèlerins) d'y exposer les photographies d'Eugène.

« Et il est mort du coup, cet Eugène ? » que j'ai continué sans avoir conscience de ce que ça allait engendrer. Là, Sido a lancé un coup d'œil un peu inquiet à Arturo qui semblait s'être endormi sur sa chaise et dont la tête inclinée reposait sur son col de chemise, ses lunettes gisant sur ses genoux. Puis elle a repris à voix basse : « Eugène il est mort y a quelques années. Il vivait à Toulouse et il a décidé, à la mort de ses parents, de venir habiter sa maison d'enfance pour continuer ses activités de photographe. Je l'aimais bien, Eugène », elle a soupiré madame Sido, « mais bon c'est comme pour moi, quand il est venu s'installer, personne lui parlait comme si ç'avait été un étranger. Ses parents, déjà, ils étaient pas très appréciés parce qu'ils avaient été instituteurs et que les ploucs d'ici, ils disaient qu'ils se prenaient pour des gens de la haute et des lettrés. Ses parents, ça allait à l'époque vu qu'ils s'aimaient, ils étaient deux et ils avaient leurs livres. À lui, au fils, ils le lui ont fait payer quand il est revenu. » Elle a vérifié qu'Arturo dormait toujours et elle a continué : « Eugène, il était divorcé de sa femme quand il est venu vivre ici et on sait pas trop comment, mais le bruit s'est répandu que c'est sa femme qui serait partie, alors ils ont commencé à l'appeler le cocu dans son dos, doucement au départ, puis de manière presque ostensible. C'est limite quand il allait chercher son vin s'il s'entendait pas proposer la "cuvée du cornu". Lui, il était de plus en plus solitaire et moi j'essayais bien de lui remonter le moral mais il devenait paranoïaque, pis moi… bah j'avais déjà Arturo à m'occuper et j'étais pas encore là à l'année alors je pouvais pas aller le visiter souvent. Y en avait une qui était particulièrement médisante avec lui et qui a bien contribué à lui pourrir sa réputation ; une à l'âme aussi noire qu'un pain de seigle qui aurait rassis, mais ça vous dira rien. Elle est morte maintenant, c'est elle qui tenait le tabac-supérette qui a fermé. Bah quand il a débarqué, elle a commencé à raconter partout que les parents d'Eugène, c'étaient des sales races et qu'ils lui auraient toujours mal parlé et jeté des pièces de monnaie dessus quand elle travaillait encore. Et elle s'est fait passer pour une pauvre victime pour occuper son temps, une vieille travailleuse qui aurait été humiliée par des gens pétant plus haut que tout le monde. Et comme elle avait plein de cousins dans le voisinage, quand il sortait se promener Eugène, les gens fermaient ostensiblement leurs fenêtres à son passage où ils s'y collaient comme des mouches pour voir où il allait et personne lui rendait ses saluts, et les caissières en activité, elles faisaient exprès de mal lui rendre la monnaie et de lui faire payer ce que ses parents avaient fait à leur consœur dans l'temps. C'était devenu une lutte des classes, ce qui est bien drôle vu que l'idée même de solidarité, ici ils ont jamais dû comprendre ce que ça voulait dire. Enfin… Un jour, on a même retrouvé des cornes de bouc accrochées à la porte de la maison de ses parents. On a jamais su qui c'était, mais il s'est murmuré qu'après, Eugène aurait passé deux nuits d'affilée sur une chaise devant la porte, à attendre que le fautif ose se dénoncer. Bien sûr hein, personne a moufté. Au fur et à mesure, Eugène il a fini par photographier plus que des choses mortes, lui qui faisait des portraits quand il était en ville dans sa boutique de Toulouse. Il avait ses rituels, il partait vagabonder toute la journée, pas loin d'un petit refuge de berger abandonné où les gens vont que pour cueillir des champignons quand c'est la saison. Mais, un beau jour, ô surprise, il est revenu le matin avec une fiancée – à ce qui se disait, il l'aurait rencontrée dans les petites annonces et, ça c'est sûr, elle était africaine. » Elle a soupiré, Sido. « Une Africaine, qu'elle a répété, ici ! Avec les mentalités... Mais bon... Ils étaient tous les deux et ça semblait à nouveau aller pour Eugène, qui se disait qu'il avait conjuré le sort et qu'il avait trouvé l'amour et que les autres, ils pouvaient bien aller au diable ; mais c'était compter sans la patience des villageois de Marsoudan pour user ceux qu'ils aiment pas. Quand Eugène et sa fiancée se promenaient tous les deux dans la rue, y avait tout le village aux fenêtres désormais. On les invitait jamais aux mariages, aux baptêmes, aux concerts. Elle qui était très croyante continuait d'aller à l'église et subissait la valse des paroissiens changeant de place à son arrivée pour pas la côtoyer, les rires étouffés et le regard interrogateur des enfants de chœur qui avaient jamais vu de femmes noires ailleurs que dans des manuels scolaires. Somme toute, ils étaient définitivement isolés, comme dans un fort où la mer qui cogne, ce sont les autres. » Miguel et moi on était suspendus aux lèvres de madame Sido qui faisait une pause, perdue dans ses pensées, et hochait la tête de manière dénégatrice. Moi j'ai pas pu tenir et je l'ai pressée : « Et alors madame Sido, qu'est-ce qui s'est passé ? » Elle m'a lancé un regard plein de tristesse et elle a repris : « Ce qui s'est passé ? Je vais te le dire moi. Avec ce traitement, bah elle, elle a pas supporté toutes les mesquineries qu'ils leur faisaient subir, comme d'être épiés et d'entendre des gloussements la nuit après qu'on avait lancé du gravier sur leurs fenêtres et fait pisser les chiens sur le pas de leur porte. Je vais te le dire, moi, ce qui s'est passé, bah elle est repartie, l'Africaine. Après, ça a été la question d'un mois tout au plus. Eugène était de plus en plus triste, il sortait presque plus de chez lui et ne voyait plus personne sauf une sorte de vague cousin éloigné qui avait débarqué peu de temps auparavant. Un jour, alors que sa maison avait pas été ouverte depuis plus d'une semaine, un paysan a retrouvé son corps qui gisait dans son petit refuge de berger où il allait s'isoler. Il s'était tiré un coup de Browning dans la tête. » On est restés la bouche ouverte de tristesse, Miguel et moi. Pof, c'est comme si au fur et à mesure du tissage de l'histoire, c'était devenu un copain, le Eugène Doub, et qu'on nous le retirait. Madame Sido a repris : « Oui, l'endroit où les photos sont exposées et dont ils se servent pour faire de l'argent, c'est un peu le mausolée de leurs méfaits pour moi en fait. Et ils ont même le culot d'aller fleurir sa tombe comme s'ils y étaient pour rien dans sa mort et que c'étaient des bons chrétiens. De toute manière c'est à l'épicentre que le pus se concentre. Des chrétiens, ici à Lourdes, je t'en foutrais oui. » Soudainement, on a pas compris ce qui se passait mais le vieil Arturo s'est levé de sa chaise et il m'a saisi au col en hurlant : « C'est Lui qui a tué, lui. C'est Lui qui l'a tué. » Ce petit bout d'homme qui aurait pu s'envoler avec le premier courant d'air, il me secouait comme un prunier par l'encolure de mon tee-shirt et moi j'étouffais, et il répétait en hurlant et en me soufflant d'un vent venant du fin fond de ces ancestraux poumons et se frayant un chemin entre les nombreux trous de ses vieilles dents : « C'est lui qui l'a tué, mais tu m'entends, gamin, c'est lui qui l'a tué. » Et je me rappelle que j'ai failli m'évanouir, parce que le pire dans cette histoire c'était que monsieur Arturo, ce que je savais pas, c'est qu'il était aveugle et qu'à la place de ses lunettes qu'y étaient tombées à terre, j'avais deux orbites caves qui me fixaient pendant que j'essayais de me débattre. Jamais, je crois, un visage m'a autant horrifié dans l'effort désespéré qu'il faisait pour me communiquer une certitude si glaçante qu'elle peut rendre fou si on la partage pas. Au moment de partir, monsieur Arturo a murmuré à sa fille quelque chose et elle est allée chercher un petit couteau enveloppé dans un mouchoir de soie noire. « C'est pour toi », m'a dit madame Sido en me le tendant, « mon père voudrait que tu le gardes. Il dit que ça t'aidera à le reconnaître s'Il est dans les parages. » « Oh, ça peut jamais faire de mal », que j'ai plaisanté en fouillant mes poches pour lui donner une pièce en échange et en les laissant tous les deux sur le pas de la porte, tandis qu'ils nous faisaient de ces grands signes d'au revoir qu'on ne retrouve plus que dans les campagnes et chez les vieilles personnes.

La Grande Dora, quand on est arrivés au campement elle nous a demandé comment ça avait été, le travail, et si on avait pas croisé quelqu'un dont on aurait oublié de lui parler. Miguel a souri, sachant que c'était bien inutile, mais comme il voulait lui faire plaisir, il lui a quand même raconté pour le gîte, et pour monsieur Arturo et madame Sido, pour lui passer le temps vu qu'elle aimait papoter. On était pas dupes, on voyait bien qu'elle était déjà au courant et que les oiseaux et les plantes dont elle était entourée s'étaient déjà chargés de lui faire la commission, mais le nom d'Arturo, ça semblait l'illuminer. Rapidement elle a demandé : « Elle a l'air de moins boire, Sido ? » Miguel a fait couci-couça de la main et a dit : « Elle a l'air en forme en tout cas, madame Sido. L'alcool c'est rien, c'est le compagnon de ceux qui chantent », avant d'aller mettre à tremper les rouleaux dans des brocs d'ammoniaque pour qu'ils se durcissent pas et, sur cette belle phrase déculpabilisante, d'aller poursuivre son apéro sur un transat.

C'était aussi une blague de sa part à la Grande Dora, de demander des nouvelles de la santé de quelqu'un. Quand elle l'avait rencontré, elle avait forcément procédé au rituel, vu qu'elle était curieuse, la Grande Dora. C'était rapide, elle prenait la main de la personne et l'instant d'après elle pouvait réciter son destin entier, ce qu'il portait sur lui de son avenir et de son passé et que nous autres, les gens à œillères, on voyait pas. Quand elle vous caressait la paume, la Grande Dora, c'était comme si se matérialisait une myriade de vous à différentes périodes de votre vie. C'était comme si elle avait le pouvoir, dans ces moments-là, d'enrober de son doux regard compatissant celui qui avait été vous quand il suçait encore son pouce et celui qui serait vous quand il embrasserait le crucifix devant la femme en noir venue le chercher. Ça pouvait aussi lui arriver de procéder à des vérifications, mine de rien, en faisant semblant d'avoir besoin de votre aide pour se déplacer. Là, comme si de rien n'était, vous sentiez le bout d'un index poli de sa grosse main parcourir le creux de vos lignes pendant qu'elle se murmurait : « Ah, oui. J'avais oublié. » Mais bon, l'usage c'était que la première fois où elle lisait votre devenir, c'était quand vous étiez nouveau-né. Les bébé[illegible] leur délivrait ensuite un surnom en fonction de ce qu'elle avait vu, qui, souvent, était une blague qu'on comprenait pas tout de suite. Par exemple, Gaetano elle l'avait appelé l'Impair. Toute sa jeunesse du coup, les membres du clan l'avaient appelé comme ça et ses parents aussi. Dès qu'il faisait une bêtise, sa mère et son père, au lieu des habituels « c'est ton fils, non c'est le tien », ils disaient, fatalistes : « Encore lui ! Toujours l'Impair et ses impairs. » Et c'était comme si du coup il en faisait de plus en plus des bourdes, et que ça aurait été le but de sa vie de faire des gaffes et des bévues en pagaille, et qu'il devait vivre avec cette malédiction, et les autres avec celle de le supporter tout en se rappelant que c'était pas vraiment sa faute mais celle de son taquin de destin. Un jour que l'Impair avait la flemme d'aider à la cuisine et qu'il était allé se promener dans les bois en attendant que tout soit prêt pour avoir qu'à se mettre les pieds sous la table comme un grand-duc et qu'il se rôtissait la couenne au soleil, une vipère qui passait par là l'a piqué à l'entrejambe. Quand il est revenu après une semaine d'hôpital, l'Impair, il en avait plus qu'une et tout le clan a regardé la Grande Dora qui fumait sa pipe avec un petit sourire mal dissimulé en se disant que son humour, parfois, il était un peu limite. Mais bon, d'en avoir qu'une, ça l'a pas empêché d'avoir un petit garçon l'Impair, qui était une demi-portion certes, mais qui du coup s'est spécialisé dans des tâches moins manuelles et à terme plus lucratives que les nôtres. Un jour, je sais pas où il avait dégoté ça, lui qui était à peine plus âgé que moi est revenu avec un livre de cuisine. Tous les soirs, on le voyait traficoter à droite à gauche autour du feu, avec des petits gestes minutieux de druide, ajoutant ceci et enlevant cela avec des mines confites de pédanterie. En fait, il s'était mis en tête de devenir maître saucier et il essayait toutes ses nouvelles concoctions sur nous qui gonflions comme des outres et ça devant sa mère qui levait les yeux au ciel, parce qu'elle pensait que c'était vraiment pas viril tout ça et que la sauce, c'était du détail. Comme il se sentait incompris parmi nous et qu'il disait qu'on avait des palais en plâtre et qu'on était une bande de brutes pas capables de comprendre son art, il a décidé de quitter le village et on a plus entendu parler de lui jusqu'au jour où on a reçu une lettre où y avait de l'argent et une photographie. On observait au-dessus de l'épaule de sa mère la fameuse photographie en se retenant tous de rire : il était habillé en blanc, un chapeau rectangulaire sur le crâne comme une coiffe bretonne, avec marqué en dessous sur un petit mot d'accompagnement : « J'ai finalement le grand plaisir de vous informer que je suis devenu second maître queux. » Ç'en a été trop pour la femme de l'Impair qui s'est évanouie devant l'affront de savoir que son fils était que le second de quelque chose et qu'en plus il osait fièrement, exposé en tenue de soubrette, arborer le nom d'une partie génitale dans le titre de son poste.

En plus des surnoms, y avait un rituel sur lequel elle transigeait jamais, la Grande Dora : celui des veillées durant les pèlerinages où on se réunissait ; et le soir de ma rencontre d'avec madame Sido et monsieur Arturo, elle a paisiblement continué le récit de notre conte matriciel :

« Quand Ormunda la Belle et Golur le Magnifique revinrent après un an passé dans une contrée du bout du monde, leur union fut célébrée. Il se dit que leur noce dura six mois et que jamais tant de rires et de chansons ne firent tant trembler la surface de la croûte terrestre. Ormunda la Belle était follement éprise de Golur et elle n'avait d'yeux que pour lui, mais dans l'esprit de son mari se développait un mal nouveau qui le rongeait. Lui qui avait toujours possédé ce qu'il désirait venait d'acquérir la pièce maîtresse de sa collection et n'en éprouvait pas la joie escomptée. C'était comme si, malgré les liens du mariage, Ormunda la Belle n'était toujours pas sienne et le danger de la voir disparaître le tiraillait nuit et jour. La jalousie, la peur, l'angoisse de la voir se volatiliser le dévoraient et il devenait brusque et violent. Un jour qu'elle riait à une plaisanterie de l'un de ses esclaves, le premier d'une longue suite de gestes funestes lui échappa : il la frappa et le sang qui s'écoula de sa lèvre fendue forma un arbrisseau carmin à l'endroit où les gouttes de sang tombèrent. Ce miracle, au lieu de lui souligner la rareté de la créature qui lui était confiée et le soin qu'il devait prendre à la chérir, ne fit qu'accentuer sa malsaine idolâtrie et il fut encore plus jaloux et furieux, voulant être le seul à la posséder. Golur, de peur qu'elle ne parte ou qu'on n'essaie de la lui enlever, et surtout que les tentations du monde ne lui donnent envie de voyager loin de lui, fit ériger une haute muraille tout autour de leur palais, que même, dit-on, le chant des oiseaux ne parvenait pas à franchir. Toujours insatisfait, il fit assassiner les prétendants qui avaient eu l'audace d'observer sa femme se baigner nue, après leur avoir fait arracher les yeux et les avoir obligés à les manger. Puis ce fut le tour des serviteurs des prétendants et cela ne suffisant pas non plus à calmer sa colère, alors vint celui des eunuques du palais et des servantes. La jalousie de Golur était sans frontières : d'autres que lui n'avaient pas le droit de parler à Ormunda, de lui voler des paroles qui étaient uniquement destinées à lui-même ; il ne supportait plus de ne pas être le seul à pouvoir contempler cet idéal de beauté et il fit donc également tuer les animaux de son épouse. Le roi avait un conseiller fidèle et avisé, un homme dont la lignée était aussi ancienne que celle de Golur et qui avait toujours aidé ses ancêtres. On disait qu'il voyait le Malin là où il se dissimulait. Il aimait Golur comme un frère et il essaya en vain de l'arrêter dans sa folie meurtrière mais celui-ci le renvoya du château. Livré aux griffes d'un étranger habillé de noir et rongé par son mal, le roi qui dépérissait prêta l'oreille à l'une des incitations du fielleux. Celui-ci, par ses questions instillait de plus en plus le poison de la jalousie en lui et un beau jour, car le Malin agit sur ce qui gronde déjà en l'homme et sait attendre son heure puisque le temps pour lui n'a pas d'importance, il lui susurra : "Vous prenez le problème à l'envers, ô Golur, roi magnifique. Si votre femme était persuadée de ne plus présenter aucun attrait alors la crainte de la voir s'enfuir déserterait votre esprit." Ces malheureuses paroles s'accrochèrent comme des hameçons à la pensée du roi : "Si elle n'était plus consciente de sa beauté !" Se refusant à la rendre aveugle, après des semaines de réflexion, Golur fomenta un stratagème pour que sa femme reste à jamais sienne : il orna chacun des murs du palais de miroirs déformants. Déambulant seule, accompagnée de ses doubles hideux, la reine devint folle. Un soir, dans un dernier sursaut de lucidité, elle attacha un à un tous les draps de soie et les tentures de ses appartements et passa le tout au-dessus de la muraille séparant le palais du vaste monde, cette muraille au travers de laquelle même le chant des oiseaux ne parvenait pas. Réveillé par un pressentiment, Golur se précipita dans la chambre de son épouse et, lorsqu'elle le vit, Ormunda la Belle, de peur, lâcha prise et tomba du haut des remparts. Là où son corps gisait, poussa immédiatement un arbre splendide qui dissimula la dépouille dans ses racines en l'attirant sous terre. Les fruits qui lui poussèrent avaient, dit-on, le don de faire jaillir l'idée de justice dans la conscience de ceux amenés à les goûter. Il fut appelé : l'arbre de vérité. »

En ce temps-là, nous autres gitans on se répartissait en des groupes qui étaient comme les organes d'un corps dont la tête serait le sud de la France, le Portugal le buste et l'Espagne les jambes. On fonctionnait de manière indépendante à l'année, chacun dans son port d'attache, pour ensuite se retrouver à telle ou telle date significative. Montpellier, Perpignan, Biarritz, Irun, Porto, Grenade, Malaga, Almuñecar : chaque clan avait ses affections régionales et cela malgré le fait qu'on en restait pas moins des semi-nomades ; mobiles comme des globules, libres de se déplacer et de descendre ou de remonter la veine de telle ou telle route pour aller prêter main-forte à un autre clan ou, simplement, pour s'oxygéner ou changer de vie.

Même si on ne résidait pas tous dans les mêmes villes, on essayait quand même d'être le plus nombreux possible en mai et fin août, pour les pèlerinages importants, et chaque année on était à peu près mille caravanes à venir à Lourdes et à se retrouver sur l'un des terrains alloués par la mairie en bordure du Gave. Il y avait le clan des Ferrailleurs, qui récoltaient du fer où ils pouvaient mais principalement dans les machines à laver et les voitures qu'ils découpaient à la hache et à la disqueuse. C'était rude comme travail, une voiture complète mise en morceaux, ça prenait une journée, une journée complète pour un tout petit billet. Y avait une branche qui gagnait sa vie de manière traditionnelle en chantant sur les places et près des restaurants ou en vendant des rotins et des osiers travaillés en meubles, paniers, cabas, chapeaux et figurines. D'autres qui venaient d'Andalousie et qui survivaient en organisant des combats de coqs, de chiens et de boxe illégaux. Y avait ceux spécialisés dans la plomberie, ceux qu'on appelait les Chasseurs de nuages qui bossaient dans la pose de panneaux solaires, les Centaures qui travaillaient dans le cirque et qui tenaient plus à leurs chevaux qu'à leurs enfants, les Dégénérés qui survivaient grâce à des trafics foireux qui changeaient chaque année et nous, les Paumistes qui venions principalement de Montpellier. Notre spécialité, c'était la peinture et la maçonnerie, le bâtiment comme on dit et on nous blaguait en disant qu'on naissait la paume de la main tendue en avant, comme si notre premier doudou c'était le pinceau qu'on aurait à manier. Y avait aussi ceux qui finissaient par se sédentariser définitivement et qui coupaient les ponts ; de ceux-là y en avait déjà, et de plus en plus chaque année. On les voyait pas d'un mauvais œil d'ailleurs, chacun fait ce qu'il veut. Le tout pour nous, c'est de bien effectuer le service minimum pour que les nouveaux de notre sang nous fassent pas honte. Le principal, c'est d'inculquer à un gitan dès son enfance l'idée de loyauté, de respect de la femme, des aînés et de la parole donnée. L'idée, c'est de lui faire sentir, par le continuel mouvement le berçant dès son plus jeune âge, qu'au final il est complètement libre et que sa seule attache, elle est morale. Le jeune gitan, faut qu'il comprenne qu'il peut se débrouiller n'importe où et faire n'importe quel métier, accomplir presque n'importe quelle tâche. Ça nous a toujours bien fait rire de voir les enracinés avec leurs petites étiquettes de maniaques. Par exemple, si on arrivait dans un village où il y avait un problème de plomberie et qu'on proposait de s'en charger, ils nous disaient : « Mais vous êtes plombier ? » « Bah non, mais on a deux mains et on a appris », voilà tout ce qu'on pouvait répondre à une question aussi réductrice. Un homme, ça s'épanouit pas si ça fait toujours la même chose. Puis un homme qui serait garagiste par exemple, si on le renvoie, qu'est-ce qu'il est ? Qu'est-ce qu'il est si toute sa vie il l'a cantonnée à se dire qu'il est qu'un garagiste. Et si y a plus de garages ? On le jette ? Il se suicide ? Il suit une formation longue et coûteuse à crédit pour se « réorienter » ? Il prend des pilules et finit par divorcer devant les récriminations de sa femme ? C'est une mentalité de sédentaire de réduire l'homme à une seule de ses potentialités, un point c'est tout. Comme si plus vite c'était fait, plus vite on se débarrassait d'un problème. Choisir ce qu'on est, c'est pourtant pas censé être une corvée.

Dans notre grand corps familial, à côté de la débrouille, on était tous un peu artistes. Y avait des musiciens, des chanteurs, des poètes, des architectes, des miniaturistes et j'en passe. C'est pas rien de pouvoir dresser un théâtre en une nuit et que sa devanture donne envie d'y entrer. Ni de tisser des osiers, de broder des paysages ou de chanter en s'accompagnant à la guitare. D'ailleurs, nous, on s'auscultait pas le nombril à se demander si on en était des artistes. Le sacerdoce de l'art, ça doit rendre malheureux et pousser à s'observer les cuticules. C'est pas un travail l'art et ça a pas non plus sa place dans les musées. C'est ce qui sophistique la vie, ce qui l'accompagne au quotidien et qui l'enjaille ; l'une des soupapes à la décompression, quoi.

Mais bon, le but c'est pas non plus de dire qu'on est les meilleurs sur toute la ligne et l'art comme compagnon, bah ça expose à devenir branlant de la caboche plus facilement. Par exemple, à cette époque de la Grande Dora, y avait le cas Pepino et le cas Don Diego. Pepino, qui avait déjà dans les quatre-vingts ans, avait perdu sa femme Gina, qui était l'amour contrarié de sa vie. Contrarié parce que quand elle était en vie il disait à qui voulait l'entendre qu'il voulait la voir morte et que maintenant qu'elle y était passée il voulait qu'elle soit vivante. Pepino, avec la mort de sa femme, il attirait beaucoup l'attention sur nous, parce que comme il trouvait que la mort il était au-dessus, il avait décidé de faire comme si de rien n'était en l'ignorant. « Pour qui elle se prend celle-là », qu'il disait en parlant de la Faucheuse, « ce s'ra pas de mon vivant que je serai commandé par une femme. » Alors il continuait de s'engueuler avec Gina comme si elle était toujours là et qu'elle était encore responsable de tous ses malheurs. Les habitudes d'un vieux couple de plus de cinquante ans, que voulez-vous, ça se chamboule plus, trépas ou pas trépas. Dès qu'on l'attendait pour faire quelque chose, Pepino, il était toujours en retard et quand il arrivait enfin il criait : « Gina ! Bougresse, on t'attend encore ! Mais qu'est-ce que tu fiches, t'as pas honte ? Tu te prends pour la reine de Saba pour nous faire attendre comme ça ! » « Mais c'est pas possible », qu'il se lamentait, « pourquoi Bon Dieu, mais pourquoi moi ?? Ce fardeau, pourquoi c'est sur mes pauvres épaules que Tu l'as mis ? » Et ça repartait jusqu'au moment où il finissait par s'engueuler directement avec le Bon Dieu dans des tirades rhétoriques absurdes. « Lourde, ta croix ? Lourde ? Lourde ? » et il se lançait dans le détail de tout ce que Gina lui en faisait baver du lever au coucher, histoire de clouer le bec au Tout-Puissant. « Tu oses te plaindre ? Alors que tu peux multiplier le vin et que moi je dois me cacher dès que je bois un tout petit verre ou bien mendier des heures durant pour une riquiqui lichette de revigorant ? » « Est-ce qu'on me lave les pieds à moi ? Est-ce que Gina se soucie de mes ampoules ? Elle qui économise le moindre sou alors que mes chaussures sont usées jusqu'à la corde ? Aie le culot de me réveiller comme ton Lazare alors qu'enfin je pourrais profiter d'un repos bien mérité loin des ronflements nocturnes de ma femme et tu verras, saligaud. C'est facile de chasser les marchands qui essaient juste de boucler leurs fins de mois, avec tous tes miracles pourquoi tu nous rends pas riches pour qu'y ait plus de lutte des classes, hein ? Ah oui ! Là évidemment tu ne réponds plus, hein ! C'est facile quand on a trois vies simultanées de venir faire la morale aux autres qui en ont qu'une ! » Après la mort de Gina, les reproches de Pepino ils sont devenus incessants. Par exemple, même s'il avait vu que c'est nous qui cuisinions dans l'après-midi, si les patates étaient trop cuites ou que la viande avait le goût de semelle, c'était rebelote. Il nous regardait d'un air désespéré et il disait : « Mais c'est pas possible, elle est vraiment bonne à rien, j'aurais tout essayé. Même de se taire, elle y arrive pas, imaginez-vous qu'une fois… » et il se lançait dans une nouvelle diatribe censée prouver que même une paralytique trépanée aurait eu plus de jugeote, la faisant revivre par ce biais étrange et un tantinet masochiste.

Ah ! Pepino ! Une sacrée plaie à la tranquillité. Mais quel effroyable silence il a laissé derrière lui quand il est passé... C'est une moitié de notre âme qui a été emportée avec lui, celle faite de loufoqueries en tous genres, d'arnaques trop lamentables pour être vraies et d'inconséquences poilantes. Je me rappelle une fois où il avait été ramené au campement des Saintes-Maries par les gendarmes. « Ce monsieur est bien des vôtres ? », qu'ils nous avaient demandé. Amos, hésitant à faire son saint Pierre tellement qu'il en avait marre de Pepino, a finalement dit que « Oui, monsieur Pepino était, malheureusement, bien des nôtres ». « Figurez-vous », a dit l'agent, « que ce monsieur est parti après avoir demandé un kilo de cerises, trois pastèques, des dattes fraîches, deux melons et une bouteille de citronnade en précisant que c'est sa femme qui viendrait régler l'addition. Comme au moment de fermer le stand, celle-ci ne s'était toujours pas présentée, nous nous sommes permis, comme c'était sur notre chemin, de venir en personne vous signifier ce petit oubli. » C'est à ce moment qu'on s'est rendu compte que Pepino avait tendance à devenir fou, aussi, quand ça pouvait l'arranger, parce que son surnom à Pepino c'était « la Pince-Royale », vu qu'il était connu jusque chez les Dummi pour son incommensurable radinerie. Pepino, quand il nous arrivait de mettre de l'argent dans une cagnotte commune pour une dot – un mariage – un enterrement – ou autre, il avait une technique qu'on appelait entre nous « faire une Rodin ». Quand la bannette d'osier servant à recueillir les billets arrivait devant lui, il faisait soudain semblant d'être perdu en pleine rêverie, noyé dans des pensées profondes et distinguées, le menton appuyé sur le poing. Pourquoi ? Bah parce qu'il avait entendu dire une fois que les penseurs étaient pas faits du même bois que les autres et qu'il fallait pas leur parler de choses vulgaires et matérielles à eux qui étaient dans le monde des idées.

La fois aux Saintes-Maries, Amos s'en était sorti en expliquant que le pauvre homme était veuf depuis peu et qu'il perdait la boule et les gendarmes qui étaient sympas avaient fini par partir sans faire plus d'histoires et, même, en nous lançant un regard de commisération. Le soir autour du feu, même s'il avait du mal à s'asseoir vu qu'Amos lui avait filé son compte en coups de pied au cul, ça l'avait pas empêché de se débrouiller pour avoir la plus grosse part de pommes de terre et de navets de tout le groupe. Il salait son plat aux larmes mais avalait goulûment.

Pour ne pas être complètement injuste, faut reconnaître à Sancho Panza ce qui est à Sancho Panza, la pingrerie de Pepino pouvait aussi faire de lui un businessman hors pair. Par exemple, quand il vendait des cartes peintes de vierges et de saints aux pèlerins à côté de la grotte de Lourdes, les pauvres hères qui avaient le malheur de s'approcher, bah c'était fichu pour leur porte-monnaie. Il augmentait ses prix de manière éhontée en fonction de la situation. S'il avait un couple devant lui et que la jeune fille se faisait offrir une babiole, au moment où le compagnon demandait le prix, il se mettait à parler à la jeune fille en lui disant : « Bah ma pauvre amie, il comprend rien à l'art celui-ci. Trente francs pour ce chapelet, doré à la main pendant plus d'une semaine, de l'olivier, trente francs ce chapelet ? Mais il est complètement fada. C'est un pingre ou un type qui n'y connaît rien à la culture. Vous allez pas épouser un type qui négocie trente francs devant vous pour vous faire un cadeau. Imaginez ce que ça va donner d'ici dix ans, trente francs ? » et généralement le type allongeait cent francs de peur de passer pour une pince devant sa dulcinée et s'enfuyait ensuite à toute berzingue. Quand il vendait des cartes à des promeneurs seuls, Pepino avait pour technique de toucher une grosse croix qu'il avait autour du cou en prenant un air digne, se redressant de toute sa petite stature. Si le promeneur une fois la carte mise dans une petite pochette kraft tentait de marchander, il mimait la colère et l'effroi et criait pour qu'on entende « Marchander la religion ? Marchander à Lourdes ? Comme les marchands du Temple ? Parler d'argent devant Bernadette, négocier la Vierge Marie, Mère Teresa, mais vous n'avez pas honte, Monsieur ? Un philistin messieurs-dames, juste ici ! » et, imparablement, pour le faire taire, rougeaud, le couillon de la lune à sac à dos payait une nouvelle fois bien plus que ce que valait la pacotille de Pepino. Ça peut être fou la créativité des simples quand ça sert leurs intérêts. Il débordait de filons Pepino, ça fusait de toute sa personne comme les émanations christiques de l'auréole de la Sainte Vierge. Heureusement la petite Sara, à qui il avait demandé de l'accompagner dans ses combines d'attrape-touristes pour mieux stimuler la pitié de ces « pingres de citoyens du monde à grosses semelles », lui avait d'emblée expliqué que le travail des enfants, ça coûtait très cher à ceux qui se faisaient pincer. Sans ça, c'est sûr qu'elle aurait fini comme un mannequin présentoir servant aux démonstrations de son grand-oncle.

Je me souviens d'une autre anecdote à Lourdes où Pepino s'était autoproclamé à l'aide d'un badge « guide de montagne » auprès d'un groupe de Japonais, se disant qu'il était le plus rusé des rusés vu qu'il allait être payé pour se promener tranquillou dans les bois. Mais il a fallu qu'il pousse une fois de plus le bouchon trop loin, en se faisant passer pour un sourd-muet : histoire d'économiser en plus sa salive et d'ajouter un aspect tragique à la chose, lui qui aimait tant se mettre en scène. Il s'en est pas frotté les mains longtemps de son affaire, le père Pepino. Complètement bourré et dénué de sens de l'orientation, il a réussi à paumer son groupe d'Asiatiques en pleine montagne. Après une battue rapide les gendarmes l'ont ramené au camp et nous ont expliqué qu'ils voulaient l'embarquer puisque celui-ci refusait de s'expliquer. Amos, qui comprenait pas pourquoi Pepino fermait la bouche à s'en réduire la mâchoire en poussière tout en agitant ses poignets et ses doigts en ce qu'il devait penser ressembler à de la langue des signes, a dû lâcher un gros billet aux gendarmes. Les fesses encore une fois rougies par les coups de pied au cul, Pepino a juré le soir autour du feu que c'en était fini de ses idées novatrices, croix de bois, croix de fer. Bien entendu, à peine trois jours plus tard, Amos a entendu des rumeurs de vols de poules lui revenir aux oreilles. Bon, c'était habituel quand on débarquait mais ce qui l'a alerté Amos, c'est qu'un villageois qu'il connaissait bien et qui était réglo était dans le lot des énervés. Pepino faisait profil bas depuis deux jours, beaucoup trop et ça nous a mis la puce à l'oreille. À bien l'observer, c'était flagrant qu'il tramait quelque chose. Il se servait ni plus ni moins que les autres le soir et le midi autour du feu, il était silencieux et criait plus sur Gina et, surtout, il prenait des airs de premier communiant quand on le regardait, en tout cas la tête qu'il devait penser qu'ils avaient, c'est-à-dire qu'il clignait de ses yeux rouges sans cils en zyeutant vaguement le ciel et en esquissant un très léger sourire, la tête un peu penchée sur le côté, joignant ses deux grosses paluches comme s'il priait. Au bout d'une semaine, assez tard après le dîner, Amos est entré à l'improviste dans sa caravane et voilà pas que Pepino était entouré de trois poules dont une ligotée et effarée, une seulement à moitié plumée et la dernière placée sur un promontoire qui était un cageot à légumes retourné. Pepino frappait la caisse en rythme du bout d'un bâton. « Amos, je vais t'expliquer ma nouvelle idée », a-t-il dit, nullement surpris de le voir dans sa caravane. « On va se faire plein d'argent, Amos. Je suis en train de dresser un business plan juteux. » Il proférait ce mot avec fierté comme si cette expression américaine recelait en elle-même tout le succès de l'affaire et qu'il était, en plus d'être un malin, déjà riche. Il a désigné un tas de stylos Bic sur lesquels il avait grossièrement scotché des bouts de plumes. « Gina fabrique des stylos "Saint-Esprit" qu'elle ira vendre demain aux papetiers du centre-ville et aux touristes. Quand j'aurai fini de plumer les deux autres, pour qu'y ait pas de gâchis on va en emplir des oreillers, puis dresser les poules pour pouvoir faire des numéros devant la cathédrale, comme les singes au Moyen Âge. Y aura plus qu'à jouer du violon en arrière-fond et dire que ces poules sont égyptiennes, comme les chats sans poil, et qu'elles sont les "mystérieuses cocottes de l'Orient". On croulera tellement sous l'argent, Amos, que quand Gina fera la quête elle en aura le dos tout courbé. » Et il a continué à taper sur le cageot devant le regard mi-pétrifié mis-las de la poule qui y tenait en équilibre en lui disant : « Allez, fais pas ta Gina, fais pas ta mauvaise tête, montre à Pepino que tu sais faire la belle. »

Les hurlements d'Amos, ce soir-là, on les a entendus depuis toutes nos caravanes et aussi les reparties de Pepino qui, entre deux coups de pied qu'il recevait, le traitait d'obscurantiste et de Torquemada. Le lendemain, Pepino a dû aller remettre les poules dans leurs poulaillers respectifs, y compris celle qu'il avait entièrement plumée et à laquelle il avait tenté de recoller des plumes de-ci de-là. C'était assez pathétique, ce pauvre gallinacé qui semblait avoir eu une pelade.

Mais parmi les loufoques du clan, les bercés trop près du mur, Pepino avait un concurrent de taille en la personne de Don Diego. Don Diego, c'était l'ancien comptable, qui calculait, soustrayait, additionnait avec son stylo-plume imposant des chiffres qui, s'ils étaient pas reluisants, compensaient en dignité par un tracé très rococo. Comme Pepino et Gina, Don Diego aussi s'engueulait régulièrement, mais lui c'était avec sa fille. Un beau jour, il s'était levé et le boulon avait pété sans crier gare. On savait nous autres qu'enfant il avait connu la solitude, vu que ses parents étaient morts dans un accident de caravane. Mais c'était inattendu la manière dont ses vieux démons avaient refait surface. Don Diego, un beau matin, il s'était mis à vénérer les courges et à les collectionner. Dès qu'il passait près d'un marché, il fallait qu'il en achète trois à quatre au minimum pour les « sauver des flammes », et c'était si compulsif que ça commençait à nous coûter très cher vu qu'il y avait des marchés partout dans la ville. C'est comme si pour lui ça avait été des enfants abandonnés et en les achetant il criait des : « C'est scandaleux ! Scandaleux de les faire voyager empilées comme ça sans considération. Mes petites chéries, c'est moi, Don Diego votre sauveur. Mais c'est un marché aux esclaves ici ! Négociants de chair humaine, marchands de sommeil ! Mes petites, tout va bien maintenant, c'est fini, c'est fini ne tremblez plus ! » Selon lui, les courges étaient le peuple le plus opprimé du XXe siècle. Leur génocide, ignoré par les différents États du monde, reposait sur un limon de racisme bien connu : celui à l'encontre du coloris orange. « Laisse-t-on brûler vifs les salsifis ? Non bien sûr ! », s'écriait-il à tout bout de champ. « Et les rutabagas ?? Presque jamais, ils sont sacrés les rutabagas hein ! Et les choux de Bruxelles ? Un pacte de non-agression avec les choux de Bruxelles ! Même les citrouilles, on ne leur fait leur fête qu'une fois par an. Les courges par contre… Les grandes oubliées. Des œillères devant des tortures quotidiennes, personne ne dit rien ! Bourgeois, consommateurs, vendus ! Des Moulinex en libre circulation, des trafics d'économes, des autocuiseurs à chaque coin de rue. Poignardées, écorchées, noyées, étouffées… Et pas une larme, pas une ! Un grand remplacement, après celui des potimarrons, voilà ce qui se trame et personne ne moufte ! Bien sûr la courge est noble, élancée, différente et donc, hop ! C'est comme avec les Tutsis, de la jalousie ! »

Il leur donnait le bain à ses courges et, quand elles étaient lustrées et bien propres, il les baptisait et leur distribuait de petits noms en leur taillant des yeux en enfonçant à mi-hauteur du légume la pointe de son stylo-plume à travers la peau dure. C'était devenu ses « vraies amies » et il se levait la nuit pour monter la garde, les cachant sous sa couette pour que nous autres les « cannibales », les « assassins », on ne tente pas de les lui subtiliser pour accommoder le fricot. Pour assouvir sa lubie, lui autrefois si irréprochable, lui le Serpico des fins de mois, pointilleux et droit, il trafiquait les comptes. C'était comme un joueur invétéré devant cacher l'achat de nouveaux amis légumes. C'était comme si une rafle avait lieu et que la planque la plus sûre, c'était sa caravane. Alors, le baby-boom menaçant d'emporter les finances de l'ancienne génération (nous), pour survivre à cette flopée de nouveaux venus on a demandé à Amos d'inventer quelque chose pour pas blesser Don Diego mais laisser nos francs en paix. Sa fille, en plus, en était réduite à dormir dans une encoignure de sa caravane tellement qu'y avait plus de place dedans et elle nous cassait les oreilles avec ses lumbagos à répétition, son père lui hurlant dessus que la princesse au petit pois avait, elle, au moins le sens de la famille. Il lui criait dessus : « Précieuse, une précieuse, voilà ce que tu es ! Tu peux pas te décaler et laisser la moitié de ton lit à une autre ? Hein ? Péronnelle ! Ingrate ! Javotte ! Anastasie ! Ah ma pauvre petite Cendrillon de courge… Non non, ne blêmis pas, n'aie pas peur, je te tiens loin des braises, tu es en sécurité avec papa Diego. »

Amos a bien réfléchi et, un soir près du feu, il prit une voix sentencieuse et a dit à Don Diego : « Tu es un visionnaire, Don Diego. Comme la Grande Dora, mais à un niveau bien plus poussé. » Là, la Grande Dora a acquiescé en prenant un air modeste de disciple. « Tu vois ce que nous autres, aveugles, ne voyons pas : les élus. Il est évident que sept plaies vont s'abattre sur ton peuple et pour y parer tu dois désormais choisir quelques êtres d'élite de ton groupe, ceux qui repeupleront le pays et tout mettre en place pour les sauver en attendant l'exode. La première plaie sera comme dans la Bible les insectes et si tu ne trouves pas un vaccin, tes courges seront dévorées vivantes. » Amos a continué en lui donnant d'autres pistes sur les plaies qui allaient décimer sa peuplade (et que Don Diego notait consciencieusement dans un carnet) : les pluies diluviennes, les pesticides, les tractopelles, la cuisine moléculaire et l'arrivage massif venu d'Orient de couteaux tranchants et soi-disant incassables en céramique.

Pâle et fier, Don Diego s'est levé, tout gonflé de la superbe de sa mission. Il nous regardait comme des simplets, lui l'esprit supérieur dont la clairvoyance avait enfin été reconnue. Puis, il est parti travailler d'arrache-pied à la création d'un vaccin, après avoir choisi dix de ses quatre-vingts courges, les plus solides pour qu'elles supportent ce qui les attendait. Nous, on a pris le livre des comptes et on a décidé que, désormais, c'était le fils de Ludmila et Marc, qui adorait l'économie et qui faisait des études à distance, qui allait se coller la compta. Malheur. Après la victoire, le désarroi : on a pas été tranquilles bien longtemps avec ce gus. Comme chez tous les petits, une minime once de responsabilité lui a suffi pour exacerber une nature dissimulée de bourreau. Il nous cassait la tête avec des mots comme « coupe budgétaire » et « chute des cours » dès qu'on lui demandait de quoi aller acheter du charbon pour le barbecue ou de l'huile pour les salades et on en arrivait presque à regretter Don Diego parti en croisade psychologique contre l'armée du mal des criquets et des sauterelles. Ç'a été une période d'« austérité » dans laquelle on est entrés avec le nouveau comptable qui s'était mis en tête de nous faire faire des économies. Don Diego par labeur, nous par faim, on maigrissait tous à vue d'œil. Lui, il persistait dans sa marotte, s'en distrayant de temps à autre en essayant d'étrangler sa fille, persuadé qu'elle conspirait contre lui depuis qu'elle était tombée sur son nouveau testament qui attestait qu'il la déshéritait pour Barbara, une courge particulièrement pulpeuse sans être de la dernière fraîcheur, qu'il cachait dans un panier à linge sale envahi par les fourmis. Quant au fils de Ludmila et Marc, c'en était trop. Incapables de dormir à cause des borborygmes de faim s'élevant de chaque caravane et qui formaient comme un orchestre tragique au-dessus du campement, on s'est réunis à plusieurs (les jumeaux, Liam, moi et Fernando), et on a écrit une ribambelle de lettres anonymes où on menaçait les écoles de commerce auxquelles le nouveau comptable voulait postuler de subir des « dégâts irrémédiables » et des « morts lentes et douloureuses », s'ils se décidaient pas à l'intégrer illico-presto et à l'envoyer travailler par la suite à l'étranger. « Et en CDI », qu'on a rajouté sur toutes les lettres anonymes en post-scriptum, parce que Liam disait que le CDI c'était comme un serment inaliénable d'enfermement à vie. On a jamais su si c'est grâce à nos lettres, mais figurez-vous que le pignouf il a finalement été sélectionné dans presque toutes les écoles auxquelles on avait écrit et qu'il est parti étudier la finance à New York. Nous, on s'est hâtés de dépenser toutes les économies qu'il nous avait fait faire, car, comme on dit, « ces choses-là, ça s'emporte pas au paradis » et un mois plus tard on avait, à force de grailler, fait exploser nos taux de cholestérol et les boutons de braguette de nos pantalons.

C'étaient des drôles, Pepino et Diego. La folie, elle avoisine toujours la raison dans l'âme d'un gitan, à force de balancer entre les légendes et la vie tangible, à force de parler des esprits des anciens et de vivre au contact de la nature, à force de rien prendre au tragique et d'enchanter n'importe quelle situation sans y voir seulement de quoi gagner son pain. Cette douce folie, ces organes déliquescents de la bande, on s'en accommodait dirons-nous.

Mais on en avait qui étaient gangrénés, et à cette époque l'organe le plus pourri du clan c'était Livio. Livio la Murène, un adolescent qui avait toujours été une sale bête et ça depuis son premier cri. Attention, des meurtres et des règlements de comptes y en avait toujours eu et pas qu'un peu ; pour des histoires de femmes ou des vendettas entre familles, mais ça restait des péchés d'orgueil et de colère, ceux qui sont le plus liés à notre nature et dont on essayait de se garder. Livio, c'était pas un sanguin justement, c'était une bête froide qui se glissait de-ci de-là et qui observait le point où appuyer pour faire mal. Son péché à lui, c'était l'envie. D'ailleurs, comme souvent pour ces personnalités, il était incapable de profiter de l'instant présent et de jouir de ce qu'il possédait.

C'était l'incarnation du ressentiment, Livio, et cela malgré son jeune âge. Il jugeait les autres durement et se pardonnait tout. L'envieux, la rédemption elle est presque inaccessible pour lui, et ça parce que c'est de ce péché que peuvent découler tous les autres. Faut toujours qu'il en ait plus que les autres et que les autres en aient moins. Il était malhonnête, voleur, menteur : bref, c'était une bourse bourrée de vilaines jalousies qui le rongeaient jusqu'au trognon. Y avait pas eu d'évènements particuliers durant sa vie. Non, en naissant le ver était déjà dans le fruit. À sa naissance, alors que son père pleurait en le tendant à la Grande Dora, parce que le premier geste du nouveau-né quand il l'avait pris dans ses bras ça a avait été de lui ficher délibérément les doigts dans les yeux, la Grande Dora, pour la première fois, était restée silencieuse en prenant la main du petit être dans la sienne pour observer sa paume. Puis, elle s'était éloignée en caressant les entailles de dents du bec de sa pipe et n'avait donné aucun surnom. Les parents de Livio, inquiets comme si ça allait porter malheur au nourrisson, avaient eu beau insister, elle disait que non, elle voyait rien du tout et on a fini par comprendre que, pour pas condamner celui qui venait d'arriver parmi nous avec le surnom qui lui était venu, elle avait décidé de croire au libre arbitre complet.

Livio, quand il n'était pas à nous faire une crasse ou à médire, si on ne savait pas où il était c'est qu'il torturait un animal, sa passion dans la vie. Son excuse, c'était la science, qu'il disait pour se défendre quand la rouste menaçait. Soi-disant qu'il voulait comprendre où se trouve la vie et que la mort, c'était son outil. Tout au début, il se débrouillait juste pour s'en prendre aux plus faibles du clan, les bébés ou les gamins, en leur volant des objets auxquels ils tenaient, en les faisant tomber ou en leur susurrant de quoi bien cauchemarder. Mais à force de torgnoles, il avait peaufiné sa technique. Il avait commencé à s'en prendre aux animaux, êtres encore plus faibles que les humains et qui ne caftent pas. Il évitait ainsi de se prendre des raclées et pouvait aller encore plus loin, pour lui c'était bingo. Il tordait le cou aux poules, éventrait les lapins à cuisiner, écartelait les grenouilles à cuire. Ça ! c'était un sacré aide-cuisine pour toutes les tâches que d'autres répugnaient à exécuter. Durant son temps libre, il s'en prenait aux insectes, aux oiseaux, aux chats. Je me souviens d'une fois où il avait suivi un paysan qui noyait toute une portée de chatons dans un sac de toile lesté par des pierres. Le soir, Livio avait raconté la scène avec moult détails pour apeurer et tirer des larmes aux gamines et avait demandé pourquoi ce qu'on lui interdisait de faire, d'autres y avaient droit. La noyade, après, s'était hissée dans son top dix des morts à donner et les ruisseaux des régions où on passait étaient pas loin de couler pourpre tellement qu'il y sacrifiait de ces êtres qui « appartiennent à personne ». Après lui, la morgue. Escargots, papillons, araignées, rongeurs, oiseaux parfois, batraciens : là où Livio traînait, ça trépassait et quand il avait l'air réjoui, généralement on pouvait conclure que la bête avait dû bien souffrir avant de rendre l'âme et qu'elle était à sang chaud. Parfois, il stockait les dépouilles dont il était fier dans des mouchoirs, comme une collection. Ses parents, c'était compliqué pour eux vu que chez les gitans, les enfants c'est ce qu'on a de plus précieux. Ils comprenaient pas et ils cherchaient dans leur généalogie d'où pouvait être issu le poison, mais trouvaient rien, vu que parfois y a pas de raison à ce qui est.

Comme la Grande Dora voulait pas s'en mêler, ils avaient fait appel à d'autres femmes ayant le don, les parents de Livio, mais rien n'y faisait et on comprenait pas pourquoi le sort leur avait fait cette entourloupe. Ils avaient même contacté un marabout en se disant que dans pareilles circonstances fallait pas être sectaires dans les dons. « Syncrétisme » qu'ils disaient à chaque fois qu'un sorcier chinois, sud-africain ou russe tentait de résoudre le souci qu'était leur fils. « Saints crétins », qu'on répondait invariablement en voyant débarquer des gus de tous les pays se prenant pour des mages, déguisés en ce qu'ils devaient penser en mettre plein la vue au commun des mortels. Boubous, toges, pagnes, sarouels et turbans, tandis que la queue des ensorceleurs, sourciers, exorcistes, magnétiseurs, traversait chaque jour notre campement comme un banc d'étourneaux multicolores et que les ressources des parents de Livio s'amenuisaient, lui poursuivait ses dissections avec flegme en empuantissant la caravane familiale.

À peine avant qu'on débarque à Lourdes cet été-là, on avait organisé l'anniversaire de Pedro et Roberto dans un bois pas loin de Montpellier. Après s'être bâfré deux énormes gâteaux pour la circonstance et tandis qu'on faisait la vaisselle, on avait entendu un hurlement strident qui nous avait tous sortis de notre torpeur digestive : Ana, la camarade de jeux de la jolie Sara avait le visage brûlé sur tout un côté. Elle s'était pris le barbecue encore bouillant dessus. Traumatisée, la petite disait se souvenir de rien, mais c'était comme si elle couvrait quelque chose ou quelqu'un. Blanche comme un spectre sous le flot de ses cheveux de jais d'adulte, et tandis qu'on transportait sa petite amie à l'hôpital le plus proche, la jolie Sara avait désigné Livio comme le responsable de l'accident. Il avait poursuivi Ana avec la dépouille d'un chat à moitié décapité qu'il dissimulait depuis quelques jours dans une poche en plastique. Affolée, tentant de fuir le cadavre dévoré par les vers aux yeux révulsés, elle avait reculé jusqu'au barbecue qui avait basculé. Furieux, Livio avait commencé par nier, mais le chat ayant été retrouvé, acculé il s'était fait battre comme plâtre, non sans avoir promis à Sara la pire des vengeances. Quand elle est sortie des urgences, Ana ressemblait à un œuf de Pâques avec un gros bandage entourant sa joue et remontant, pour que ça tienne, sur le dessus de la tête. Elle se lamentait qu'elle ne pourrait plus jamais devenir une grande danseuse de flamenco courtisée, maintenant qu'elle était laide et défigurée. Et, effectivement, elle avait vu juste sur son avenir. Ana a toujours gardé la marque de brûlure là où sa chair avait fondu et c'est sûr que ça a joué un rôle dans sa décision d'épouser Luìs qui était le seul à lui témoigner de l'intérêt. Le Luìs, il appartenait à un autre clan, c'était une connaissance éloignée de son frère qui bossait soi-disant dans la ferraille. En fait, il vivait des filles qu'il mettait sur le trottoir et à ce qu'on a compris il était pas des plus tendres quand il les trouvait feignantes. Elle est revenue vivre parmi nous, Ana, un jour qu'il avait été pire que d'habitude, épuisée par les mauvais traitements. Les clients, qu'elle racontait, étaient limite plus gentils que lui et elle comprenait que l'âge venu et le temps ayant accentué ses cicatrices, ils ne veulent plus d'elle. À la quarantaine elle était déjà usée et triste, le ventre sec des enfants qu'elle avait pas eus.

Il en avait fait des torrents de crasses, Livio la Murène, caché dans son coin à guetter la bonne proie. Un autre anniversaire, tiens ! Au hasard, celui de Don Diego où il s'était porté volontaire pour préparer seul le dîner. Soi-disant que c'était parce qu'il voulait devenir cuisinier et que ça l'entraînait. On l'avait vu s'activer par la fenêtre de la caravane de ses parents avec l'air de se donner bigrement du mal, hachant, écrasant, broyant des aliments qu'on distinguait pas. Nous, on s'était dit qu'au final, on l'avait peut-être mal jugé, qu'il s'améliorait à force de grandir, suivant la voie des cuisines du fils de l'Impair, le maître queux et qu'il avait envie d'enfin s'inclure dans la communauté.

On savait que notre répugnance à son égard, elle était accentuée par son physique. Sa démarche glissante et silencieuse, la façon dont il avait toujours les yeux plissés, comme s'il furetait, sa peau blanchâtre et pas olive, pas blafarde comme celle des gadjé, mais plus comme une tranche de pain imbibée d'un lait qui serait caillé, sa lèvre inférieure crispée et toujours un peu humide. C'était mal de se laisser influencer par l'apparence d'une personne, qu'on se disait. Mais on ressemble toujours à ce qu'on est…

Livio avait cuisiné toute l'après-midi et nous avait servi des petites portions de différents plats. À côté des côtelettes, on avait eu un « velouté » de couleur orange pâle, agrémenté d'herbes vertes et un gratin du même aspect. C'était fadasse et je me souviens que la Grande Dora ne touchait pas trop son assiette. Quand on lui a demandé ce que c'était qu'il nous avait concocté, il a eu un sourire malicieux. Puis, il a regardé Don Diego qui sauçait déjà le fond de son assiette à soupe et Pepino à côté qui faisait chabrot en se versant la moitié de la bouteille de rouge posée stratégiquement à sa droite et il a répondu posément : « Vraiment, vous ne devinez pas ? » On a tous blanchi simultanément, de peur que Don Diego comprenne. Mais trop tard. Il avait remarqué Livio le fixer tandis qu'il engloutissait son dernier bout de mie gonflée de ce qui était un potage de courges et s'était évanoui devant l'acte monstrueux qu'il avait commis : celui d'avoir mangé ses propres enfants. Mais le méfait ne s'était pas arrêté là et Pepino s'était métamorphosé devant nos regards ahuris en une énorme framboise humaine, rouge et bouffie. Sa tête, c'était comme un gros fruit confit sur lequel était greffé le sourire de celui qui a bien mangé : Pepino avait gonflé si rapidement que son visage avait figé sa dernière expression dont il pouvait plus se défaire. Or, Livio avait ajouté à son plat une grosse dose de sauge sachant qu'il y était terriblement allergique. Tandis que Pepino se grattait compulsivement la langue et le cou et ahanait comme un pauvre diable, et que les femmes étaient allées chercher des antihistaminiques, on s'était levés pour mettre une raclée à Livio qui avait fui plus loin dans le bois. Il nous avait fallu une bonne partie de la nuit avant de lui mettre la main dessus. C'était une scène ridicule, Livio était perché sur une branche haut placée tandis que nous, on attendait en dessous, comme qui dirait que le fruit tombe. Il avait tout essayé pour nous amadouer, allant même jusqu'à arguer qu'il s'était attaqué aux courges pourries et que c'était comme si elles étaient déjà mortes, ce à quoi on lui avait répondu qu'il avait, en plus, voulu nous empoisonner. Alors, il s'était énervé et avait dit qu'il se vengerait de nous si on le touchait et qu'il irait prévenir les sédentaires du cru qu'on « trafiquait », et nous, on avait riposté que dans ce cas c'était plus seulement une correction qu'on allait lui infliger vu qu'il était désormais un « témoin compromettant ». Les heures passant, du haut de son arbre il avait vu arriver Pepino, respirant de nouveau mais toujours cramoisi, et lui avait lancé : « Eh, toi, le vieux sénile dont tout le monde se moque. Tu le sais qu'ils en peuvent plus de toi et de ta Gina. Elle est morte ta femme, y a que toi qui le sais pas, Pepino, qu'elle est morte ta femme. Maintenant tu es rouge à l'extérieur comme à l'intérieur, vieil ivrogne veuf et alcoolique. » Là, Pepino s'était subitement senti mal et avait commencé à chercher Gina partout autour de lui et je l'avais raccompagné au campement, non sans – moi aussi – en prendre plein mon grade.

Vitupérant, la Murène avait eu le temps de me glisser : « Tiens tiens, mais c'est le petit protégé de la vieille Dora que voici. C'est celui qu'on initie à ces fadaises de bonne femme que sont la cartomancie et les lignes de la main. Une grande science, ça, les lignes de la main ! Et cette vieille carne qu'a même pas réussi à le prédire mon avenir, hein ? Ou qu'a pas eu le courage de le faire. Vous allez voir, mon avenir, ça c'est sûr que vous risquez d'être surpris. Je vois clair maintenant, vous allez me la payer cette vie de misère, à supporter vos fadaises. J'avais de la pitié pour vous, je vous défendais comme on défend des gâteux, des ignorants, des simples d'esprit, des ânes qui marchent par habitude sur les chemins. J'étais lâche et je pensais que c'était de la tempérance. Essaie de bien les déchiffrer tes signes, "bougre d'âne" comme elle te surnomme. Vous avez fière allure avec Pepino, la peste et le choléra qui font un bout de chemin ensemble. » Ça avait duré et duré cette soirée, puis finalement, pensant qu'on dormait au pied de l'arbre, Livio était descendu sur la pointe des pieds et on lui avait fichu une raclée qui nous avait même pas soulagés vu qu'il s'était ni excusé ni repenti, et cela malgré les deux coquards qui ajoutaient désormais un semblant de couleur à sa face blanchâtre. Débarrassés de lui, on avait pu rejoindre le campement à l'orée du bois et terminé cette soirée d'anniversaire gâchée à écouter la Grande Dora, en observant les ronds de fumée de nos cigarettes se dissoudre dans le grand tout de la nuit noire.

« Après la mort d'Ormunda la Belle, le roi Golur fut inconsolable. Sans sa femme, plus rien n'avait de sens et il décida donc de se laisser mourir en cessant de boire et de manger. Alors que le roi s'affaiblissait, après avoir réussi à détourner l'attention des gardes qui avaient reçu pour ordre d'empêcher quiconque de le visiter, le conseiller vint au chevet de Golur et lui dit : "Ô Golur, vois où ton besoin de possession t'a mené, toi qui étais fils du vent libre et heureux, ton âme a été tentée par le diable et tu n'as pas voulu écouter mes conseils. Il est trop facile de te laisser mourir désormais, tu te dois de racheter ta faute ; quitte le palais et laisse tes biens derrière toi. La première personne que tu croiseras, prends-la pour femme et chemine pauvrement sans jamais t'arrêter par-delà les routes de notre royaume. Voyage, travaille, dédaigne les ports d'attache qui ne sont qu'illusion et tu feras ainsi pénitence et rachèteras l'offense et le sang que tu as versé." Un cracheur de feu l'accompagnant mit alors feu aux draps du lit et aux tentures, tandis que le perfide étranger qui n'était autre que le Diable ayant pris forme humaine, subitement métamorphosé en corbeau, s'adressa en ces termes au conseiller avant de s'envoler : "Lui, tu l'auras sauvé, mais compte sur moi, là où tu iras mon ombre sera aussi et nous nous reverrons bien des fois." Le roi, alors qu'il s'enfuyait sur les routes, contemplait son château brûlant à l'horizon et se rappelait qu'un jour, il avait été heureux. Vivant de ce que la nature lui donnait, fruits, légumes, racines, le roi voyagea et c'est au cours de ces pérégrinations qu'il donna des noms aux endroits qu'il traversait. Ceux-ci restèrent et ils sont ceux de nos continents et pays. Son voyage commença aux confins de l'Inde et c'est là qu'il croisa une petite paysanne qui amassait du bois mort pour en faire des fagots. Il la prit pour femme, reprit la route et ils menèrent une vie simple. Quatre fils leur naquirent : Igor, Némir, Isbael et Jeruda. Quand Golur le Magnifique sentit la main de la mort prendre la sienne et que sa montre fut arrêtée à minuit, il fit venir le conseiller à son chevet : "Je n'ai rien à léguer à mes fils et ainsi, ils ne pourront s'entre-tuer pour hériter de mes biens. Mon ami, je pars, mais poursuis ton rôle auprès d'eux si le Malin venait également à les tenter." "Comme pour vous mon roi", répondit le conseiller et, rassuré, Golur le Magnifique ferma les yeux et son âme partit rejoindre celle d'Ormunda la Belle qui attendait son arrivée en dansant sur la crête des nuages qu'elle faisait ainsi pleuvoir.

Igor, Némir, Isbael et Jeruda grandirent et ils devinrent des hommes. Pour étendre la puissance des gitans et mieux connaître le monde, chacun d'eux partit vers l'un des points cardinaux et y fonda une famille. Igor au sud du monde, Jeruda à l'est, Isbael et l'ouest et Némir au nord. Or, bien des années plus tard, le conseiller de Golur vint frapper à la porte du royaume du Sud pour venir saluer Igor. Le royaume était infesté par les rats, qui véhiculaient la peste et faisaient mourir les habitants par milliers. "Ô ami de mon père, aide-nous à nous délivrer de ce fléau", supplia Igor, quand le conseiller fut arrivé près de son trône pour le saluer. Le conseiller sortit une flûte et commença à jouer un morceau en s'éloignant vers une haute falaise du royaume et il y fit tomber les rats qui, de toute part, sortirent de la ville au son de la mélodie. Après l'avoir fêté, les habitants de la ville oublièrent ce que le conseiller avait fait pour eux et ils reprirent leurs occupations. Partout il n'y avait que vices, fornication et appât du gain. Les pères couchaient avec leurs filles et les mères avec leurs fils, les vagabonds étaient enchaînés à des roues et on les torturait pour distraire une population devenue oisive et sanguinaire. Igor, lorsque le conseiller vint exiger des comptes et lui demander si en laissant ses sujets agir de la sorte il pensait faire honneur à la mémoire de son père, le fit emprisonner en disant : "Ce qui te gêne, n'y pose pas le regard." Mais le conseiller dont le corps était vierge de tout péché humain traversa les murs de sa geôle de pierre. Il sortit de nouveau sa flûte et le soir même, dans la ville, il ne resta plus une seule âme car les habitants et leurs enfants, comme les rats, avaient tous suivi le conseiller jusqu'à la falaise et s'étaient noyés. Déposant un fruit de l'arbre de vérité dans la main d'Igor, le conseiller lui dit : "Quand tu auras mangé ce fruit, rappelle-toi tes erreurs et va sur les routes", et après avoir mangé le fruit, pris de convulsions, le roi laissa échapper de sa bouche une fumée noire qui redevint corbeau et s'envola en croassant vers l'est. »

Durant ce pèlerinage d'il y a un peu plus de vingt ans, celui de l'Étranger en noir qui n'a plus jamais quitté ma mémoire, un nouveau type de bienfaiteurs sévissait à Lourdes. On avait été prévenus en arrivant par Raymond, un type de la mairie qui s'entendait bien avec Amos et qui était venu le saluer. Ça faisait des années qu'ils étaient amenés à traiter ensemble, Raymond et Amos, pour que tout se passe bien avec les gens du cru. Cet été-là, c'est noyé dans une chemise jaune pétard à manches courtes qu'il est venu nous saluer. Avec Amos, ils se sont fait une bonne grosse accolade, ce qui était rare pour deux types pas tactiles. Amos lui a demandé comment se portait sa famille et si y avait eu des changements depuis notre dernière fois. « Bah, tu sais, a répondu Raymond, c'est toujours la même chose, des anicroches d'élections à la mairie, des magouilles de champs non constructibles qui le deviennent pour y caser des pavillons et des immeubles, et les supermarchés qui se multiplient. Sinon, c'est fou ce qu'on a comme Asiatiques cette année, tu vas voir. Y en a même qui sont en train d'essayer d'acheter des pans de vignes qui appartiennent à Jacquot. Mais si, tu sais à côté d'Aspin. Ils peuvent bien se fatiguer tiens, on voit qu'ils connaissent pas l'animal, d'ici que ce soit à des Jaunes qu'il revende, les poulets naîtront sans plumes. Tu aurais vu sa tête quand le tabac du bas de la ville a été repris par une famille de Chinois, lui qui fumait deux paquets par jour, il a arrêté net. Il prétend que c'est l'agacement qui fait qu'il a pas pris un kilo. Et vous, comme sur des roulettes sans mauvais jeu de mots ? » « Tout comme d'habitude », a répondu Amos tandis que Don Diego passait pas loin en lançant en l'air un bébé courge enrubanné dans ce qui semblait être une turbulette mal tricotée. « Oui, comme d'habitude, a repris Raymond en se marrant, les meilleurs sont toujours là à ce que je vois. Tu as vu qu'y a plus de terrain pour les caravanes cette année ? » « Oui, ça me semble un peu… Qu'est-ce qui nous vaut l'honneur ? » « Enfumage municipal, a repris Raymond, y a un type aux dents longues qui veut se faire élire, c'est un businessman à prétentions gauchistes et du coup il s'astique l'image publicitaire. Avec sa clique, ils ergotent droits de l'homme et minorités en continu et ça, ça parle aux jeunes de la ville. Ils disent que les gitans, c'est du politique le sort qu'on leur fait. Il a monté tout un schmilblick comme quoi vous seriez un peu comme les premiers des migrants et que l'entraide prônée par le pape, fallait que ça ait des répercussions, surtout dans une ville aussi symbolique que Lourdes. Bref, pour vous c'est bien, mais pour le reste c'est de la poudre aux yeux de bonne conscience et de langue de bois. Tu vas rapidement en avoir ras la casquette parce qu'y a pléthore de pléthore de ses initiatives bénévoles qui sont en lien avec vous. T'énerve pas, Amos, et essaie d'être coulant comme d'habitude. Son équipe, ça leur donne l'impression d'exister. C'est pas des mauvais dans le fond, juste des gens seuls qui se désennuient avec des prétentions morales. » Les types étaient partis en discutant, voir les champs et les parkings où on était selon eux « accueillis » et selon nous « parqués ». Y semblait pas y avoir grand-chose de nouveau sous le soleil. Du bénévolat, bon y en avait toujours eu et des magouilles politiques dissimulées derrière de bons sentiments, ça existait depuis le Big Bang. Mais on a vite vu où il voulait en venir Raymond, en parlant de nouveaux projets. Le type qui briguait la mairie, il semblait que ses ambitions étaient très liées à des projets comme la construction d'ici un an d'un grand complexe hôtelier, associé à la remise en marche du vieux téléphérique, pour que Lourdes soit susceptible d'intéresser aussi hors période cultuelle une population qui serait pas celle des catholiques mais plutôt celle du tourisme de luxe. L'aspirant maire, il lui fallait une bonne palissade éthique pour faire oublier qu'il cavalait après le pognon et celle-ci reposait entièrement sur une juxtaposition de projets caritatifs. L'après-midi même, un type de son équipe est venu nous voir pour nous expliquer qu'un collectif de bénévoles s'était lancé dans un projet d'envergure pour les plus démunis – donc nous – qui s'appelait « l'alphabétisation ». On allait se voir expliquer la grammaire « gratuitement », il a bien insisté pour qu'on saisisse la chance qui était la nôtre d'être les premiers cobayes de ce plan humaniste. On avait l'habitude, nous autres, de leurs œuvres et de leurs projets à la mords-moi-le-nœud. On avait eu une radio catholique qui avait essayé de nous enregistrer pendant qu'on jouait de la guitare, d'abord à notre insu, les techniciens dissimulés derrière nos caravanes, puis surgissant en nous demandant de jouer « plus fort ». Fallait qu'on y mette du cœur pour que les auditeurs sentent « l'âme rom », alors que nous on était des gitans et que ça avait rien à voir, mais ça les a laissés de marbre cette distinction et ils avaient surenchéri que nous, les gens du voyage, on était tous « épris de liberté et que l'ostracisme c'était pour les pré-68. L'amour voyons ! ». On avait aussi eu une photographe en quête de frissons et se pensant baroudeuse qui, chaussée de godillots et subventionnée alors que son projet avait même pas vu le jour, voulait nous tirer la trombine pour une série de portraits « d'été ». À force de « soyez naturels, faites comme si j'étais pas là, plus naturel s'il vous plaît, regardez pas l'objectif », la suite de photos ressemblait à celle d'une bande de dépressifs – affreux, sales et méchants – tellement qu'on pouvait plus la voir en peinture. Mais l'alphabétisation, ça, ça allait trop loin. Franchement on voulait bien y mettre du nôtre avec des journalistes ignorants et semblant découvrir l'eau chaude et des boursiers aux projets vaporeux, mais là, ça nous a ouvert les yeux : en fait ils nous prenaient carrément pour des trépanés, les gens. On devait représenter un poncif pire que ce qu'on croyait dans leur tête, des voleurs de ferraille à qui y manquait la moitié des dents, réchauffant sur des becs à gaz rouillés des conserves distribuées par le Secours populaire, des loqueteux dévorés par les puces, les poux et la gale, collectionnant les petites cuillères et mangeant la main à même la casserole, les ongles noircis par la crasse, au milieu de nuages de plumes de poules. Le bouchon avait été poussé trop loin, alors cette année-là on s'est réunis pour ourdir un plan destiné à clore tout élan de générosité à notre égard, et cela définitivement.

Les missionnaires pleins de bonnes intentions ont débarqué sur la pelouse de notre tiers-monde à dix heures du matin, les bras chargés de manuels pour enfants et de stylos à bille, l'air surpris qu'on soit déjà réveillés et pas à ronfler encore alcoolisés de la veille entre des chiens errants et des sacs en plastique. C'est Pepino, à qui on avait noirci les dents au cirage, s'appuyant sur une canne, une main sur les reins et une main en creux comme s'il faisait la manche, qui les a accueillis. On lui avait fichu des guenilles sur le dos, un vieux marcel trop court découvrant sa bedaine et un pantalon trop large ceint par un bout de corde. Moi j'avais dit que c'était trop gros, mais ils ont couru du début à la fin, comme quoi, la caricature, faut pas y aller avec le dos de la cuillère. « Siiii-vous pléééé, midame, missié », qu'il répétait en tendant la main, « Siiiiii vous pléééé. Ji peux pas nourrir mi famille, mi enfants y sont dans li famine, y zont pas mangé dipouis trois jours. » Il montrait cinq doigts en disant ça, comme s'il savait pas compter. On se retenait de rire à s'en faire pipi dessus tellement que le rôle était taillé pour Pepino, avec son accent sorti de nulle part et son ton geignard, leur tournant autour en faisant semblant d'avoir la mine envahie de tics dévoilant ses dents noires. Il se sont tous un peu reculés, seul l'un d'eux, un preux civilisateur qui avait un badge où était inscrit « Gérard » en très gros, est resté en proue du petit groupe. « Mon bon homme », qu'il a dit, « nous venons t'apporter bien plus que de l'argent. Nous venons t'apporter les humanités : la culture et les lettres. » Il arborait un air mi-compatissant, mi-fier et refoulait l'ancien prof de latin qui, malgré la délicatesse de ses livres de chevet de vieux garçon, venait sans préjugés évangéliser avec des citations de Catulle et de Tacite de pauvres analphabètes. On voyait tous que Pepino avait bien envie de lui faire passer son caleçon brodé sur la tête, mais il a repris impassible comme un acteur tragique : « Li coultoure ? Li letre ? Ça se boit li coultoure ? » Bingo, il avait pensé à l'alcoolisme congénital, Pepino était un vrai génie. Malheureusement, c'est sans aucune surprise que Gérard a reçu sa réponse avec un « Non, mon bon homme », puis il a péroré un truc qu'il devait trouver très élevé : « La culture, c'est ce qui nous différencie des animaux. C'est ce qui rend libre malgré les chaînes. » Pepino s'est gratté le bas-ventre comme s'il comprenait rien et demandait de l'aide à ses morpions. Gérard a pris un air de sage patient et a dit : « C'est ce qui peut t'apporter un travail. » Pour lui, le mot travail devait rimer avec sésame et intégration, ce qui, il avait pas l'air d'en douter, devait être notre rêve le plus cher. Mais c'était compter sans notre deuxième arme, la paresse du gitan qui est un parasite et Pepino a embrayé en prenant un air catastrophé en saisissant d'effroi ses rares cheveux et en se les arrachant à deux mains : « Ah non missié, pas li travail, pas li travail, pas li fatigue. Ji sirai sage. Di l'argent si vous plé missié dames. » Là, trop heureux d'observer qu'on trouvait qu'il s'en sortait à merveille, Pepino a pêché par hubris et a commis une entorse de champ lexical qui aurait pu nous valoir notre blague, il a dit « à votre bon cœur ». Ce mélange de registres aurait pu mettre la puce à l'oreille de Gérard, mais miracle, la jolie Sara a débarqué pour filer notre boutade. On lui avait fait endosser une robe d'adulte trop grande et déchirée et on lui avait bruni le visage et les bras. Pieds nus, avec son costume elle semblait encore plus maigre, de l'herbe sèche emmêlée dans les longueurs de ses cheveux décoiffés couronnant le tout. Elle faisait parfaitement « souillon, enfant des rues qui mendie ». Elle s'est approchée de Pepino tandis que la Grande Dora, affalée et faisant semblant de ronfler le plus fort possible dans une chaise longue, un accordéon sur les genoux, tenait une bouteille de gin dans une main. L'accordéon, on avait eu énormément de mal à le trouver et on l'avait emprunté à un antiquaire de Lourdes qu'Amos connaissait et que l'idée de cette blague avait égayé. Thérésa la Harpie jonglait quant à elle avec des canettes de 8/6 et Liam marchait la tête renversée en arrière, une mignonnette de cognac en équilibre sur le bout du nez. « Siii vous plééé », a entamé la jolie Sara en interrompant Pepino à qui elle a donné la main. À cet instant Gérard a eu l'air scandalisé devant tant de misère : « Mais c'est une enfant, vous ne lui faites quand même pas faire la manche à cette petite ? Elle est scolarisée ? » Il lui a pris le visage dans ses mains pour l'observer. « Est-ce qu'elle mange au moins, cette petite fille ? » Pepino a continué son numéro : « Ci ma pitite nièce, si parents y sont morts di la maladie i di chouléra. » Gérard a eu un sursaut de recul et est devenu tout blanc, pleine d'à-propos la petite Sara a tendu la main en toussant, encore plus près dans sa direction en disant : « Une pitite pièce pour un bout di pain à cuire dans de l'eau missié ? » pendant que Pepino prenait de grands airs en disant à Gérard : « Licole, la pitite ? Elle va à l'icole di gitan, la pitite, pour compter. Montre au missié, Sara, li calcule que ti connais. » La petite Sara s'est mise à réciter : « Vingt-cinq francs li muguet missié-dame, quarante-cinq francs li deux, missié-dame ! » tandis que Pepino arborait l'air fat d'un professeur fier de son enseignement, les bras croisés sur la poitrine. Devant tant de misère et l'exploitation d'une enfant, une femme d'une soixantaine d'années, révoltée, n'a pas pu se retenir et s'est jetée en larmes sur la petite Sara pour la serrer contre son cœur : « Tu as faim, mon ange, tu as faim. Tu n'as pas à travailler, ma chérie. Tu es mineure, tu comprends. Mais tu es toute sale, regarde-toi. » Ce sur quoi Sara lui a tiré la langue en disant : « J'y travaille pas à la mine, midame. J'y vends li muguet di champs diz autres. Plou tard j'y gagnerai bien plous qui li mineurs. » Lançant un regard courroucé à Pepino, la bénévole a demandé d'un ton menaçant et catégorique où elle pouvait faire un brin de toilette avec la petite, en précisant à Sara que « tout était possible désormais pour elle », et même un jour « de devenir une princesse, maintenant qu'elle les avait rencontrés ». Pepino lui a répondu : « Pas di l'eau courant ici. Li toilette là-bas » en désignant un trou en plein air qu'on avait creusé la veille au soir et que surplombait une planche de bois comme si on faisait nos besoins aux yeux de tous. À ce moment, dans un merveilleux numéro de mendiants siamois, les jumeaux Pedro et Roberto sont passés mine de rien en boitant dans les parages tout en s'engueulant pour la propriété d'une pièce de un franc, avec pour tout habit un pagne les réunissant au niveau de la taille. C'était énorme, cachés derrière les herbes on riait aux éclats devant cette idée pitoyable d'un habit pour deux, quelle coordination, c'était du grand art ! Pendant ce temps, la belle Matilda avait eu le temps de faire son entrée, tellement moulée dans une robe de vinyle rose qu'on se demandait comment elle réussissait à marcher. Elle s'était tartiné la bobine avec du rimmel et un gros rouge à lèvres bien vulgaire et s'était fiché des mouches au-dessus de la lèvre supérieure et sur les pommettes. Elle s'est approchée de Gérard et a commencé à jouer avec son badge. « Salut mon mignon, qu'est-ce t'en dis d'une balade dans les buissons, j'ai une jolie caravane sinon, avec une paillasse bien confortable. Mes frères regarderont pas et iront dans la kitchenette. » On avait garé les camping-cars flambant neufs plus loin et laissé visibles les véhicules à l'état le plus piteux en prévision de sa tirade. Aux yeux du groupe d'alphabétisation, nous dormions à même le sol ou entassés les uns sur les autres dans de vieilles gimbardes. Gérard a mis du temps avant de répondre à la proposition qui lui était faite, d'autant plus décontenancé que Pepino brandissait ses pouces en lui disant : « Super coup missié, ristourne, pas cher, si ma pitite sœur, pas cher, moitié prix », et deux ou trois autres femmes du groupe d'alphabétisation se sont ruées sur les quelques enfants jouant pas loin pour les détourner de cette scène scandaleuse. « Madame, voyons, un peu de tenue », s'est récrié Gérard, « j'ose espérer avoir mal compris votre requête, car je vous signale que la prostitution est chose interdite. » Bien emmerdé devant la beauté de Matilda qui malgré le fait qu'elle était grimée en tapineuse de longue date restait d'une fraîcheur stupéfiante, il répétait comme pour se persuader lui-même : « Il y a des lois en France, madame. Madame, tout de même. J'ose espérer avoir mal saisi votre proposition. »

Don Diego avait rejoint le petit groupe. Une courge ceinte, comme dans un porte-bébé, sur son dos. Il avait dissimulé ses bras et laissait pendre deux manches de chemise vides, et il secouait un gobelet coincé entre ses dents. « Li monnaie didans », indiquait Pepino pour traduire à l'adresse de Gérard les mugissements de Don Diego et son rythme saccadé de mâchoire. « L'argent didans, lui plus di bras. » « J'ai bien vu que ce monsieur n'avait plus de bras », a crié Gérard qui semblait perdre patience. « C'est un scandale sanitaire. Nul doute que vous n'avez jamais vu la lueur d'un vaccin de votre vie. » En disant cela, il semblait prendre de plus en plus conscience du danger qu'il encourait à fréquenter des dégénérés véhiculant mille maladies. Là, Pepino a repris : « Si pas di noutre faute, li misère, ci li chef di clan lui très violent, il être de mèche avec la mairie. Il faire affaire avec li puissants di Lourdes i li candidat di coumplex hôtelier », et Amos a débarqué grimé en souteneur avec un short court vert fluo, des chaînes en or et des gourmettes aux poignets, un gros cigare au coin de la bouche. « Si loui », a dit Pepino à l'oreille de Gérard, « si loui l'exploiteur qui li prend li sous di not journée y qui fi si prostitouer li pitits enfants. » Fulminant de rage, Gérard lançait des regards de haine à Amos et c'est à ce moment que son copain de la mairie, Raymond, a rappliqué. On sait pas ce qu'Amos a été lui dire mais ils se sont serré la main et Gérard, devant cette preuve étayant les propos de Pepino d'une alliance mafieuse entre les proxénètes et la mairie de Lourdes, est devenu tellement blanc qu'il a dû s'asseoir sur une petite chaise d'enfant en plastique, tandis qu'on lui servait un verre de cognac en guise de sels. Il a plus parlé de l'après-midi, le Gérard. Les bonnes femmes qui étaient venues avec lui, plus stoïques et n'attendant rien d'une transparence politique, ont pris le relais et commencé le cours d'alphabétisation. Elles réagissaient peu à nos blagues qu'on trouvait très drôles, comme de donner des saucisses crues aux enfants en guise de goûter ou de leur avoir fabriqué des fausses chaussures en leur scotchant des boîtes de mouchoirs en carton et des sacs plastiques aux pieds. J'avais même confectionné des tambours avec l'aide de barils de lessive vides et de baguettes chinoises, et des doudous avec une serpillière découpée que les gamins s'interrompaient pour tripoter. Quelques mioches avaient peint des boîtes de camembert en leur ajoutant des aiguilles au feutre comme si ç'avait été des réveils et ils jouaient aux « sédentaires » en faisant mine de se réveiller l'air fatigué, pour ensuite rigoler aux éclats et se rendormir : « Hi hi hi, nous on peut dormir toute li journée, hi hi hi. »

Le jeu des « cow-boys et des Roumains » et le « un-deux-trois-oseille » ont pas eu plus de succès : rien à faire, ces dames étaient tout entières dévouées à leur grande tâche. On a un peu calmé le jeu et on les a laissées sortir leurs manuels de niveau maternelle et des feuilles. « Qui de vous sait écrire son nom ? » a dit la plus jeune du groupe, une quarantenaire rousse et frisée. Miguel, Pepino et moi on a levé la main. « Montrez-moi cela », et on a, en un bel ensemble, tracé des grosses croix sur nos feuilles. Les bénévoles ont pris un air de martyr, mélange de patience et de souffrance un tantinet délicieux à ce qui semblait. Puis ils ont commencé à nous faire épeler des phrases en nous montrant comment les écrire. « L'un de vous est déjà allé à l'école ? », le petit Enrice a levé la main et a commencé à réciter : « Je mendie, tu mendies, il mendie, nous mendions, vous mendiez, ils mendient », Arnaud, son copain de toujours, a dit : « Mais non charogne, c'est : je chaparderai, tu chaparderas, il elle on chapardera, nous chaparderons, vous chaparderez, ils elles chaparderont », et on l'a tous applaudi en chœur. Une heure plus tard, alors que la blague commençait à nous peser vu qu'on avait usé tous nos trucs et qu'ils ne partaient toujours pas, on a lancé l'idée d'une bataille d'eau, et de peur de voir leurs brushings se dégonfler comme des soufflets, les femmes du groupe d'alphabétisation ont fini par partir en nous adressant de grands au revoir, deux des donzelles soutenant Gérard et dissimulant mal qu'elles vérifiaient à la dérobée si rien ne leur manquait. Elles nous avaient laissé les stylos et les feuilles pour qu'on « s'entraîne » et Pepino a pas hésité à achever le pauvre Gérard. Il a pris sa main entre les siennes et lui a dit : « Cher Gérard, merci. Grâce à vous, peut-être allons-nous arrêter de faire dormir nos enfants dans des paniers pour chiens. Peut-être eux auront-ils grâce à la culture, la chance de ne pas revendre de la ferraille ou des fruits chapardés dans les vergers. Vous faites beaucoup pour l'humanité, Gérard. » Tandis que nous agitions un mouchoir que Don Diego avait volé à l'une des bénévoles, on a espéré qu'on allait pas nous envoyer, avec cette ultime blague, le clergé pour enquêter sur ce miracle de l'alphabétisation soudaine qui serait tombée sur un Pepino désormais apte à parler un français impeccable. On a fêté notre blague en s'arsouillant pour de vrai, portés par la voix rauque de la Grande Dora dont le récit des contes passés constituait comme une route menant au carrefour de l'époque qui était désormais la nôtre.

« Suivant le vol du corbeau et se rendant à l'est – au royaume du fils cadet de Golur, Jeruda – le conseiller eut ouï dire que le roi y avait étranglé la reine et que les habitants du royaume avaient pour interdiction formelle de porter son deuil. Conversant avec un bonhomme, celui-ci lui expliqua l'origine de l'ire royale. Le roi et la reine étaient mariés depuis plus d'un an et la reine ne parvenait pas à être grosse. La maternité étant le bien le plus précieux d'une femme gitane, son mari, désireux d'avoir un fils pour lui succéder aux destinées du royaume, était de plus en plus pressant, alors, après avoir vainement ingurgité des décoctions qui ne faisaient qu'aggraver son mal, la reine finit par se rendre au beau milieu de la forêt. Il faisait nuit et la lune était pleine. Mais ce n'était pas la bonne lune, celle qui sert de repère aux bergers et aux navigateurs, qui nimbait la clairière où la reine était cette nuit-là. C'était la lune rouge, cousine d'Hécate et sbire du Malin. Prête à tout, la reine la pria de lui accorder ce que le Seigneur et la nature lui refusaient et la lune rouge détacha l'un de ses croissants qui s'accoupla à la reine. Dès le lendemain elle fut grosse et, cachant les évènements de la clairière au roi, transportée de joie elle alla lui annoncer la nouvelle. “Ma femme, enfin ! Tu vas me donner un fils et les mauvaises langues qui parlaient de terres arides en évoquant notre couche se sont bien fourvoyées ! Que la musique résonne, que l’on prépare la chambre d’enfant !” Le royaume fut en liesse et, neuf mois plus tard, l’enfant naquit, la moitié du visage recouverte d’une tache de vin rouge comme signe de ses origines. Mutique et inquiétant, il grandit, désespérant les gens de la cour et ses parents par son amabilité inexistante et son orgueil démesuré. Malgré les tendresses prodiguées, il ne semblait pas éprouver le moindre attachement pour sa mère. Lorsqu’il atteint ses treize ans, l’enfant devenu homme vint trouver le roi et lui révéla le secret de sa naissance : Jeruda n’était pas son père, il avait été leurré par sa propre femme, une sorcière, une débauchée qui avait en secret élevé un bâtard. “Quel homme est incapable de reconnaître son propre fils, le fruit de ses entrailles ?” rit cruellement l’adolescent, exacerbant le courroux du roi dont toutes les certitudes s’ébranlaient. Fou de colère, se sentant trahi, cocufié, dans un accès de rage Jeruda alla trouver sa femme qu’il étrangla après qu’elle eut reconnu les faits. Ne pouvant combattre celui l’ayant offensé, incapable d’obtenir vengeance et persuadé d’entendre le rire moqueur de l’astre jusque dans les pièces les plus reculées du château, Jeruda sombra dans la paranoïa. Pénétrant dans la salle du trône où il dépérissait, le bâtard narquois non loin de lui, le conseiller s'adressa à lui en ces termes : "Jeruda, fils de Golur, repens-toi de tes crimes. Crois-tu que ta femme aurait agi de la même manière si tu n'avais pas été si insistant ? Seul comptait ton désir d'un héritier au trône pour sauver les apparences. Crois-tu que c'est elle qu'il fallait tuer et non cette engeance qui porte la marque de son géniteur le Diable sur sa face goguenarde ?" Croquant dans le fruit de l'arbre de vérité, Jeruda voulut se jeter sur celui qu'il avait élevé comme son propre fils et qui l'avait induit en tentation. Celui-ci, éclatant de rire, redevenu corbeau déploya ses deux grandes ailes noires et prit la direction du royaume d'Isbael à l'ouest. Désormais seul, le roi prit le deuil de sa femme, quitta ses biens et partit chercher le pardon sur les routes. »

Dans le gîte, les peintures avançaient bien et cela malgré la pénible présence du propriétaire des lieux, nous tenant la jambe avec ses anecdotes absconses vu que ses enfants l'ennuyaient et qu'il assumait pas de boire ses bières en solo. C'était devenu un rituel, l'apéritif chez madame Sido et une fin de journée qu'on y sirotait des calimuchos sur nos chaises en fer forgé, la jeune fille à chignon est passée sur le chemin longeant la maison, les yeux rougis par des pleurs récents. Madame Sido l'a hélée : « Ma cocotte, t'es pas descendue à Lourdes aujourd'hui ? Viens boire un verre avec nous. » Ni une ni deux, Madame Je-sais-tout, contente de profiter de verres gratis, a bifurqué dans notre direction. C'était à croire qu'elle avait fait exprès de passer au bon moment, celle-là, avec son air de chien battu. « Je te présente mes amis », qu'elle a dit, madame Sido, « prends place ma belle. Je te sers quoi ? Un pastis ? Un calimucho ? » Sans avoir peur de déranger, la fille a demandé si, par hasard, madame

Sido avait pas un fond de vin blanc et madame Sido a répondu que si y avait une maison où ça risquait pas de manquer, c'était bien la sienne. Elle buvait à une vitesse impressionnante, la Limande. Avec elle, on aurait pu gagner haut la main des concours de bitures express si on l'avait eue dans notre équipe. J'ai bien senti qu'elle faisait exprès de m'ignorer, comme on devait avoir dans le même âge. Miguel, par contre, elle lui faisait des risettes, enfin elle tentait et c'était bien comique de voir sa bouche s'étirer vers le haut tandis que ses yeux gonflés penchaient plutôt vers le bas. Cette lutte comique des deux parties de son visage a pris fin, quand madame Sido qui voyait qu'elle cuvait gros et qu'elle avait besoin de lâcher ce qu'elle avait sur la patate, lui a chrétiennement demandé : « Elle t'en fait pas trop baver, l'Antonine ? » « Pas plus qu'aux autres », qu'elle a répondu. « Enfin, j'ai assisté à une scène presque drôle ce matin. Figure-toi que comme elle est à moitié sourde maintenant, elle hurle et que quand elle veut passer des coups de téléphone elle se met dans la cour de l'autre côté de la maison. Bah ce matin, alors que j'étais en train de me faire un masque dans la salle de bains, elle parlait justement de moi au téléphone et comme j'avais ouvert la fenêtre pour la buée j'ai tout entendu. En fait, ça aurait pu être une scène comique, mais ça m'a complètement glacée. » « Tu sais bien pourtant comme elle est depuis le temps », a dit madame Sido et la Limande a répondu que oui, mais que plus elle grandissait, plus ça s'accentuait sa méchanceté. « Elle parlait de moi et racontait à je ne sais qui mille et une balivernes sur mon compte, que j'étais une horrible menteuse, une fainéante faisant exprès de lui donner du travail pour la précipiter dans le cercueil. Elle a prétendu que je me levais à quinze heures tous les jours et que je me changeais au moins six fois dans la journée pour l'obliger à repasser mon linge, que je pillais le frigidaire, vidais sournoisement toutes ses bouteilles en y ajoutant de l'eau pour dissimuler mon méfait. Et, surtout, elle ricanait en disant que j'étais en fait au chômage contrairement à ce que je disais et qu'elle avait ouvert mes carnets dans lesquels je n'écrivais que des choses incompréhensibles, et qu'avec ma coiffure je ressemblais à Margaret Thatcher. » On a tous eu du mal à se retenir de rigoler, mais, heureusement, elle a embrayé : « Après avoir surenchéri sur mon anorexie dont tout le village pérorait et bien critiqué le fait que toi, Sido, tu recevais n'importe qui chez toi pour des choses pas nettes… Que l'une de ses poules avait déjà disparu avec l'arrivée des "bronzés", elle a raccroché, et une fois ma stupeur passée je suis descendue pour me faire un café. Elle est passée à côté du prix d'interprétation, je t'assure, si tu avais vu comme elle m'a accueillie avec sa petite voix mielleuse et son sourire jusqu'aux oreilles, faussement soucieuse et me demandant si j'avais bien dormi. J'ai prétexté du travail toute la journée et un mal de ventre pour l'éviter jusqu'à maintenant et tant mieux, ça m'évitera de véritablement risquer une indigestion, avec la tonne de beurre qu'elle fiche dans ses plats rissolés dégoûtants. C'est comme si elle gavait un sumo quand elle vous sert et on ne sait pas comment lui échapper étant donné qu'elle ne mange pas et qu'elle tourne autour de vous en répétant des "il faut tout finir, il faut tout finir". Elle déteste toutes les femmes et essaie de les faire grossir pour qu'elles soient comme elle, vieilles filles et le moins désirable possible. » Au fur et à mesure qu'elle racontait, on rigolait tous bien de cette diablesse déguisée en vieille dame et je commençais à la trouver drôle, la Limande, et de plus en plus jolie. « Et Isabelle ? Elle va bien ? » lui a demandé madame Sido. « Elle côtoie les anges », qu'elle a répondu. « Si tu voyais l'air de martyr qu'Antonine prend dès qu'elle fait quelque chose pour elle, elle la houspille en continu, heureusement qu'elle pige plus rien. » J'ai compris qu'Isabelle c'était la femme mystérieuse au carreau, la grand-mère de la Limande. « Et pourquoi elle est toujours à la fenêtre cette dame ? », que j'ai demandé sans comprendre le lien d'avec Antonine. Comme la Limande ne répondait pas et avait l'air peinée, madame Sido, après nous avoir resservi (du vin blanc à la Limande et à nous des calimuchos) et que la Limande eut acquiescé, elle s'est mise à raconter l'histoire de la maisonnée. Arturo somnolait, ses deux mains maigres agrippées à son verre comme si on allait essayer de le lui carotter.

« Antonine, sa grand-tante, c'est une fille d'ici. Elle avait un frère, Antonine, une grande gueules que moi j'ai pas connu et qui était très respecté dans la région. C'était un homme vertueux et droit, simple et qui médisait jamais, un homme qui, comme elle, avait été élevé à la dure. La belle maison devant laquelle vous êtes passés, c'est lui qui y a fait construire tout l'étage supérieur. À la base, c'était une vieille ferme en ruine et ils étaient quatre dedans. Le père, austère, avait une maladie des os, la mère avait pas toute sa tête et à tout juste seize ans, c'est le frère qui a commencé à subvenir aux besoins de toute la famille tandis que sa sœur faisait des ménages. Il travaillait si bien qu'il est vite monté en grade et que, sans être riche, la famille se débrouillait désormais. Puis les parents sont morts à peu de mois de distance et Antonine et son frère ont continué à vivre tous les deux dans la maison familiale. Elle vénérait son frère, Antonine, elle l'admirait comme le héros de sa vie, celui qui s'était occupé d'elle, qui l'avait protégée, élevée et elle voyait son ascension comme un pied de nez aux villageois qui disaient “tel père, tel fils”. Rapidement, elle a eu besoin de temps pour entretenir la belle maison qu'il avait surélevée d'un étage, recimentée et peinte en blanc, et elle a arrêté ses à-côtés. Fière comme Artaban, quand on la croisait, c'était comme une ancienne esclave qui aurait gagné sa liberté. Elle était pas belle à proprement parler, Antonine, mais elle avait quelque chose qui tenait à cette volonté, à cette force et à cet orgueil qui bouillonnaient et qui lui donnaient quelque chose d'une héroïne espagnole. Il avait beaucoup d'amis, son frère et on venait des quatre coins du canton le visiter pour lui demander des conseils. Les gens se targuaient d'être ses amis, il était un peu comme un sage et les villageois se relayaient autour de sa table pour boire son pastis et ses paroles. Il paraît qu'il avait un talent de conteur inégalable et que les gars qui étaient invités à l'apéritif étaient incapables de s'en aller dès qu'il commençait une histoire. Après, ils se faisaient salement engueuler en rentrant chez eux parce que leurs femmes pensaient qu'ils avaient été aux filles pour rentrer si tard et dédaigner leurs petits plats. La journée, Antonine était tout le temps à la fenêtre à attendre que son frère rentre du travail. Elle nettoyait le sol pour son arrivée, préparait dès le matin son repas du soir, lavait et repassait son linge avec dévotion et, à dix-huit heures trente pétantes, quand elle entendait sa voiture arriver, elle se précipitait pour lui ouvrir le portail et l'accueillait comme un nabab, tandis qu'il s'installait dans son fauteuil pour lui raconter sa journée et lui donner des nouvelles du monde des actifs. Bien des hommes ont voulu l'épouser, Antonine, mais son frère impressionnait tellement qu'au dernier moment aucun n'a osé se déclarer et elle, de toute manière, elle avait pas le temps avec tout ce qu'elle avait à faire pour lui. C'était comme si elle avait déjà un mari et elle était comblée. Tout allait donc très bien et ils vivaient dans une autarcie parfaite, quand son frère, alors qu'il était allé saluer la famille d'un de ses amis vivant plus bas dans la vallée, a rencontré Isabelle. Elle était douce et intelligente, et bien qu'elle ait jamais eu à travailler car sa famille était aisée, c'était la plus serviable des femmes, sans une once d'oisiveté. Bien qu'elle soit d'un autre village, ce qui n'était pas rien, le frère qui ne pensait plus qu'à elle nuit et jour a décidé de l'épouser, malgré qu'elle soit déjà un peu âgée. Elle devait avoir trente ans à peu près et, à cette époque, c'était considéré comme limite-limite pour une femme. Après la lune de miel, elle est venue vivre à Marsoudan dans la maison de son mari, avec sa sœur. C'est là qu'Antonine a commencé à changer, ou plutôt que sa nature a commencé à s'aigrir parce qu'elle refusait justement que les choses changent. Son défaut qui était la jalousie s'est affûté jour après jour. Isabelle pouvait pas cuisiner, ni s'occuper de la maison et pendant que son mari allait travailler elle avait rien à faire. Elle se sentait comme une étrangère dans la maison, Isabelle, et elle était doublement esseulée parce qu'elle était considérée comme une étrangère hors de ses murs par les autres villageois. Vous savez, les villages dans la vallée ils ne s'apprécient guère, chacun médit sur l'autre en disant que les habitants de tel bled c'est des avares et les autres des fadas et toute une ribambelle de noms d'oiseaux. Évidemment une aussi belle femme qu'Isabelle et qui n'avait pas usé ses blanches mains à travailler comme les autres, ça faisait plus que faire jaser : c'était un affront. C'était, ils la nommaient ainsi, la Versaillaise du village avec ses lubies de lecture. Isabelle n'a jamais pu se faire d'amis-hommes parce que ça n'aurait pas été convenable, ni femmes car elles la jalousaient. Et de toute manière, ça se voyait que c'était le genre de personne qui se sentait encore plus seule quand elle était au milieu de groupes. Les cancans, les histoires familiales, ça l'ennuyait, même si, polie, elle faisait tout pour pas le montrer. Quand elle recevait des connaissances, la Antonine, elle racontait des anecdotes de jeunesse auxquelles Isabelle ne pouvait pas prendre part. Ça, Dieu sait que j'en ai été témoin. Isabelle passait de plus en plus de temps à la fenêtre à attendre le retour de son homme. Ce qui était sûr, c'est que tous les deux s'aimaient énormément et ça, le fait que son frère puisse l'aimer moins complètement ou en tout cas différemment d'avant, Antonine ne le supportait pas. Elle se comportait comme la maîtresse des lieux qui hébergeait gracieusement une étrangère impotente dans sa maison. Un jour, alors qu'ils attendaient depuis deux ans, Isabelle est tombée enceinte. Tout aurait pu changer parce que là, elle avait enfin quelque chose à elle : son enfant.

Mais, rapidement il s'est passé la même chose avec l'enfant qu'avec son frère, Antonine rabaissait Isabelle continuellement. En plus de ne pas savoir cuisiner, de ne pas savoir ce que les hommes aiment, en plus d'être une oie blanche inutile et ne s'intéressant qu'à des sujets superficiels, elle a commencé à lui seriner qu'elle ne savait pas comment s'occuper d'un enfant. Au fur et à mesure, la petite fille a fini par être élevée par Antonine et ça devait être un crève-cœur de les voir ensemble pour Isabelle, car elles avaient une relation fusionnelle. Isabelle s'étiolait et devenait de plus en plus comme un spectre, hantant discrètement les lieux mais sans y être. C'était sa manière de survivre de se réfugier dans ses pensées. Le frère ne se rendait pas compte de ce qui se déroulait ou en tout cas c'est ce qui semblait de prime abord. En fait, il voulait pas entendre parler d'ennuis de femmes. Qui plus est, il aurait pas supporté de blesser sa sœur en la remettant à sa place, elle si dévouée, et il était pas mécontent parce qu'ainsi sa femme restait plus une amante qu'une mère à ses yeux. Un jour, après que la fille d'Isabelle était partie faire ses études à Bordeaux, le frère d'Antonine, qui se sentait pas bien, a fait venir un médecin d'urgence. Le diagnostic est tombé, il avait un cancer, ce qui ne l'a pas étonné puisqu'il toussait rouge depuis quelque temps. Ils ont été beaucoup à le veiller et lui qui avait décidé qu'il partirait le jour de l'Ascension, c'est ce qu'il a fait. C'est sa sœur, et non sa femme, qui lui tenait la main le jour où il est mort. Le lendemain, Antonine ne pouvait plus bouger. Elle faisait une dépression et refusait de s'alimenter, sans l'aide et la patience des infirmières elle n'aurait jamais pu en sortir. Finalement, après avoir bien souffert elle est rentrée chez elle, habiter avec Isabelle qui avait repris des couleurs et quelques marques dans la maison. Puis la routine est revenue. Isabelle n'a presque plus quitté sa chambre et sa fille a à son tour eu un enfant que voici », et madame Sido a désigné la Limande, « qui vient voir sa grand-mère et sa grand-tante durant les vacances, n'est-ce pas ? Et l'épouse et la sœur attendent chacune à la fenêtre le retour, pour l'une du frère, pour l'autre du mari. » « Ah ! Les vols du temps. Rien n'est noir ou blanc et personne a la vie facile », a conclu madame Sido. « C'est les cons qui jugent à l'emporte-pièce. C'est pour ça que bien qu'elle vitupère sur moi la Antonine, je la laisse faire, ça la désennuie et ça l'accroche au présent. Son frère n'est plus là, l'amour de sa vie, et qui sait si quand on a autant aimé quelqu'un ça ne rend pas insensible par la suite. Les vraies émotions, on ne les ressent véritablement qu'une seule fois non ? »

On regardait tous nos chaussures quand elle a terminé son histoire, madame Sido, et on a déserté rapidement, par pudeur, vu qu'on savait pas trop quoi dire après tout ça. Alors qu'on se dirigeait vers l'entrée du village, la Limande nous a, en guise de merci silencieux, serré la main. Ça l'avait calmée, cette réhabilitation partielle de sa famille et son pas était alerte quand elle a ouvert le portail de la grande maison blanche alors que la petite bonne femme aux gestes saccadés et à la démarche de pantin nous observait de derrière la fenêtre de sa salle à manger. En haut aussi quelqu'un était à sa fenêtre et semblait sourire aux anges. C'est pleins de spleen que Miguel et moi on s'est laissé bercer par les contes de la Grande Dora le soir même.

« Suivant les traces laissées par le vol du Malin, le conseiller prit le chemin du royaume d'Isbael. Quand il y arriva des gémissements diffus s'échappaient des maisonnées. Entrant dans une première habitation, il y trouva un père de famille et ses enfants, faméliques et agités, parlant à des occupants invisibles. Interrogeant une corneille après avoir observé les mêmes scènes dans d'autres lieux où l'eau et les denrées pourrissaient – car les occupants ne buvaient ni ne mangeaient plus – celle-ci lui narra l'arrivée récente d'un étranger dans la ville, alors que le roi venait de perdre son fils à peine né. L'oiseau expliqua que l'Étranger avait offert au roi et aux habitants une plante dont les graines avaient le pouvoir de faire revenir leurs morts. Entrant dans le palais, le conseiller trouva le roi et sa femme penchés au-dessus d'un berceau vide. Ils chantonnaient et ne l'entendirent tout d'abord pas. “Ô roi, l'apostropha au bout d'un long moment le conseiller, penses-tu que c'est en te nourrissant de chimères que ton estomac et celui de tes sujets vont se remplir ? Est-ce pour des illusions pernicieuses que tu laisses ton peuple mourir, tes champs perdre leurs moissons et tes vignes se gâter ?" Le voyageur dont avait parlé la corneille et qui observait la scène avec grand contentement, perdit son rictus quand le conseiller fit goûter à Isbael une bouchée de l'un des fruits qu'il avait sortis de son habit. Revenu à son état normal et voulant se jeter sur le voyageur, le roi le vit redevenir corbeau et s'envoler par la fenêtre. Après avoir apporté dans chacun des foyers un morceau du fruit de vérité, Isbael et sa femme laissèrent les souvenirs de l'enfant qu'ils avaient perdu derrière eux et prirent la route. »

Les gadjé, quand on débarquait à Lourdes, leur comportement c'était quelque chose. Ils pouvaient se palper mille fois les poches histoire de vérifier que leurs portefeuilles s'étaient pas fait la malle par l'opération d'un Saint-Esprit qui serait de notre parti. Ceci dit, vu le nombre de clans qui se réunissaient pour le pèlerinage, leur méfiance était pas complètement dépourvue de flair. Quand je croisais les ados de certains autres clans, je me disais que c'était principalement de la mauvaise herbe. La spiritualité, on voyait que ça leur passait à cent lieues au-dessus de leurs coupes de footballeurs gélifiées. On aurait dit des panneaux publicitaires avec leurs sweats et casquettes à gros logos et on avait beau être frères dans le Christ, moi et les miens on savait que Jésus, il avait rien qu'un pagne blanc et pas des fringues vulgaires et hors de prix sur le dos, alors on bisquait vu qu'ils nous faisaient honte. Ils avaient suivi leurs familles mais on voyait bien qu'ils en avaient rien à foutre de la religion. Leur seul but, c'était de s'arsouiller en parlant cylindres, et nos chants et processions, ils s'en fichaient bien. Eux, ce qu'ils voulaient, c'était draguer les nénettes de la région et pérorer en groupes, comme des vieilles filles qui auraient remplacé le thé par la bibine. D'ailleurs, les habitants de Lourdes, ils savaient bien que ceux qui posaient problème, c'étaient pas les vieux qui étaient de vrais croyants, et même bien plus qu'eux tous qui faisaient de l'argent sur le dos de la religion. Les commerçants de Lourdes, pour moi c'était l'image d'Épinal de la main qui était tendue mais seulement au moment d'encaisser le client. Ils vous saluaient pas, empochaient les billets et fermaient leurs cafés et boutiques dès dix-sept heures, ce qui rimait pas à grand-chose puisqu'à notre arrivée les larcins les plus répandus c'étaient pas la grivèlerie ou le vol à l'étalage, mais le recel de pièces de voiture et le chapardage des deux-roues imprudemment laissés sans surveillance. Les jeunes tiraient aussi l'essence des véhicules qu'ils transvasaient à l'aide de tuyaux en plastique dans des bidons pour la négocier, et moi je les évitais le plus possible, assumant un dédain complet de vrai catholique droit dans mes godasses pour cette canaille bonne qu'à fumer des joints et se fichant de notre image et des préceptes des aînés. Leurs pauvres mères se coltinaient toutes les tâches domestiques et leurs pères, ivres, trébuchaient de-ci de-là, buvant à même leurs canettes de bière en attendant l'heure d'allumer le gril pour les brochettes. Chez nous, la jeunesse filait droit et même si tous nos gitans faisaient pas le déplacement à Lourdes, ceux qui le faisaient c'était dans le but d'amasser des sous pour l'année à venir et pour rendre grâce à la mère de Dieu lors de sa montée au ciel. Pendant mon temps libre, je me baladais en solitaire dans la ville et par-delà la montagne. Je me rappelle que j'aimais déjà me poster au café près de la gare pour observer l'arrivage en fanfare des familles africaines en boubou avec leur pléthore de marmaille ceinte sur les reins, les retraités blancs et roses à pantacourt, visière et pull sur les épaules, les scouts et leur air fade de chrétiens d'élevage, les mollets duveteux de poils à reflets roux. Y avait aussi les prêtres en marron et sandalettes à lanières de cuir qui arboraient de grosses croix en bois autour du cou et les bonnes sœurs qui débarquaient par nasses comme des bancs d'hirondelles bleu et blanc. Puis, y avait la grande foule de la grotte, tous ces paios à la queue leu leu qui attendaient de longues heures le moment où ils allaient avidement pouvoir palper les parois, le coin des cierges où des mômes quémandaient de la monnaie en tirant sur les gilets de leurs mères pour, eux aussi, « avoir une bougie », « faire une prière pour un cadeau de Noël, le contrôle de maths, l'autodictée », ou juste dans le but d'avoir « une jolie maîtresse ». Là, connivence masculine oblige, pour la « jolie maîtresse » c'étaient souvent les pères qui, après un clin d'œil discret, tendaient la piécette à leurs fistons enthousiastes. Entre deux crises mystiques et regards habités, les marcheurs achetaient des glaces parce que ça creuse d'être pénétré. À tout choisir, je me demandais si, finalement, je préférais pas les athées, même si c'est souvent un prétexte tout trouvé pour ceux qui aiment pas réfléchir. Lourdes, je l'aimais pour ce qu'elle montrait de l'âme humaine, concentrée en un endroit, à un moment. C'était une sacrée peinture, pleine de couleurs et de vie. C'était fauve, un vrai ramassis de chocs, d'élans et d'arrêts, Lourdes, à cette période de l'année. D'ailleurs, cette ville, je pouvais l'imaginer qu'en été avec ses supermarchés du culte emplis de figurines à la pelle, de chapelets en toc, de bidons d'eau bénite et d'icônes dorées. Son cœur, c'était une calculette, que je me disais en parcourant ses rues. Lourdes, c'était la cour des miracles, un parvis de la misère humaine, avec les faibles et les touristes, ceux qui se distraient et pour qui tout va encore bien et ceux qui ont plus qu'à espérer parce que ça va déjà mal. Lourdes, c'était indissociable des processions de vieux et d'handicapés et des chants à l'unisson. Lourdes, c'était des messes gigantesques et souterraines, répercutées par des micros et des mégaphones. Des hommes d'Église dans des habits vifs et de toutes les couleurs. C'est une ambiance que j'ai jamais retrouvée ailleurs et certainement pas à Fatima ou à Rocamadour. Ce sont mes souvenirs de jeunesse, Lourdes, avec sa blancheur de grande cuvette humide chauffée par le soleil. Ce bouillon de culture grouillant à l'ombre des

Pyrénées, qu'on décore de croix qui font comme une ribambelle d'épines sur le haut des crêtes de la montagne. Ces calvaires disséminés sur le crâne pierreux du massif et qui servent de repères comme des aiguilles sur le cadran solaire du ciel. Puis y avait des scènes qui rachetaient le piaillement vulgaire des touristes et l'avidité de ceux qui ont quelque chose à demander et qui énumèrent toute une foultitude de souhaits à ne plus en laisser aux autres, tellement qu'il faut les bousculer pour que dans une dernière génuflexion la queue des pèlerins puisse avancer vers la statue placée dans le creux de la roche.

Cette année-là, alors qu'on venait d'arriver et que j'étais allé visiter la grotte très tôt le matin, j'avais remarqué une file de cinq personnes qui poussaient une vieille dame dans un fauteuil roulant. Comme j'arrivais de l'autre côté, je les avais vues de face. La vieille dame était toute voûtée et maigre et deux petits pieds aux chevilles légèrement gonflées sortaient de sa jupe longue. Sa peau était comme affinée par le passage de l'air et du temps sur elle. C'était une peau qui pouvait plus résister à l'effort que demandait la vie, de s'élancer de par le monde. C'est comme si les contours de chacun de ses membres se fondaient déjà dans la lumière de l'après, affinés, transparents et couverts de vaisseaux violets. Les mollets étaient glabres, la pilosité, sève de vie, s'en était allée. La peau était parcheminée comme un sol durement frappé par le soleil, sèche sans substances ou muqueuses permettant à une nouvelle floraison de prendre. Elle pendait un peu, sous la mâchoire et sous ses bras, des deux côtés des accoudoirs du fauteuil auxquels se cramponnaient deux mains déformées par l'arthrose et couvertes de fleurs de cimetière. C'était bien la seule couleur encore existante sur ce corps usé par les années, blanc nacré, plissé et frêle. Son visage laissait paraître, surmonté de cheveux blancs vaporeux et ramenés en arrière par quelques barrettes, deux yeux bleus très pâles, couleur myosotis et presque fondus dans le blanc de l'œil par une sorte de voile, une pellicule qui était pas une cataracte mais pas loin de l'être et qui faisait que son œil semblait refléter sur toute sa surface le mouvement des nuages se chamaillant dans le ciel plus haut. Ces yeux grands ouverts, accompagnés d'un joli et doux sourire, ça fendait le cœur parce qu'on avait l'impression de voir une enfant, naïve, pleine de confiance, au milieu de ce groupe qui semblait constitué par sa fille et son fils et deux jeunes d'une vingtaine d'années. Elle qui avait été femme, mère, était désormais à la charge de ceux qui l'avaient été à la sienne, et un amour tendre, sincère et lumineux émanait de ces êtres qui étaient tout les uns pour les autres. Ils semblaient humbles, tous un peu courbés sous le regard de la Vierge qui, dans sa miséricorde, pouvait tant pour eux. Pourquoi eux parmi tous ? Pourquoi la Belle Dame les aiderait-elle, elle qui avait tant à faire et de bien plus misérables à secourir ? Mais pourquoi pas eux ? Car ils étaient croyants et la foi se ressentait sur chacun de leurs traits, la foi en la toute-puissance de la mère de Dieu, en sa justice et en l'amour qu'elle porte à ses enfants. Si aucune grâce concernant l'état de santé de l'ancêtre ne leur était accordée, eh bien tant pis, ce serait là encore justice car Marie a ses raisons. La vieille dame avait été transportée jusqu'aux piscines de pierre recueillant l'eau miraculeuse de la source jaillie pour Bernadette. J'imaginais le fils et la fille, doucement, enlevant la jupe de la mère et ses chaussures, mais lui laissant le tee-shirt de coton spécialement mis pour l'occasion. Le fils, d'une cinquantaine d'années, avait pris la vieille femme dans ses bras, ce frêle corps qui n'avait plus assez de forces pour se tenir debout, cet être léger comme une plume à qui il devait d'être là. Il la portait comme un jeune enfant débile, comme un jeune enfant mais en encore moins lourd. Le regard toujours évanescent, le sourire aux lèvres et les bras ceints derrière la nuque de son fils, son corps à la chair amollie et douce était déposé dans la baignoire de pierre, dans l'eau claire qui pouvait tant faire pour les douleurs d'un corps qui sent qu'il a fait son temps mais auquel l'esprit est toujours attaché. Les bénévoles mouillaient sa peau et ils étaient là, pleins d'espérance et ne demandant rien pour eux-mêmes et c'est cet altruisme, cet amour véritable et gratuit de deux femmes, l'une divine et l'autre mortelle, qui irradiait. La vieille dame, ravie, pataugeait dans la baignoire comme une petite fille, riant et disant qu'elle était fraîche et qu'elle se sentait déjà revigorée. Ils s'esclaffaient en lui passant de l'eau sur ses cheveux fins et mousseux, en caressant son corps pour lui insuffler les bienfaits contenus dans l'eau, comme si ç'avait été une lampe contenant un génie et que la magie allait opérer. Et plus loin la foule des touristes à casquettes arpentait les rues des marchands de bondieuseries, les vendeurs alpaguaient les passants pour faire plus de chiffres que la boutique voisine proposant la même camelote. C'était tout ça, Lourdes, toutes ces contradictions qui te font passer du dégoût de ce qui est, au regret d'avoir eu l'outrecuidance de les mettre tous dans le même panier.

Chaque année pour éviter la cohue de cette faune bigarrée, je visitais les villages que je pouvais rejoindre à pied : Aspin, Ségus, Viger, Omex et Ossun, et ça souvent avec un copain qui s'appelait Célestin et qui faisait partie du clan des Chasseurs de nuages. Il était marié à une apprentie coiffeuse, Célestin, et elle sévissait sur lui en fonction de ce qu'elle pensait être la mode à Paris. Un été même, à cause de la Coupe du monde, il était arrivé à Lourdes avec le crâne rasé, sauf à certains endroits où restaient quelques centimètres de cheveux noirs, elle l'avait transformé en ballon de football crânien et il avait l'air tellement las que j'avais pas eu le cœur à rire, tandis qu'il me disait : « Le mariage, tu sais… Moi, j'en ai déjà tiré dix ans. » Cet été-là, Célestin avait pas pu venir vu que sa femme allait accoucher, et tant mieux vu que j'aurais pas eu beaucoup de temps à lui consacrer. Cet été, je l'ai consacré à fouler les routes d'un seul bled : Marsoudan, avec une seule personne en tête qui était la Limande.

Un dimanche peu avant la fin des travaux, j'avais dit à Miguel qui jouait avec ses enfants que j'allais voir là-haut si les peintures du gîte avaient bien séché. Ce trop-plein inédit de conscience professionnelle, ça l'avait bien fait rire vu qu'il était pas dupe et il m'avait taquiné en me demandant si les peintures elles étaient pas dotées d'un petit nez fin et de deux grands yeux. Tout rouge, j'avais répondu que je comprenais pas du tout ce qu'il sous-entendait et que les filles, et encore plus les leurs, j'avais pas de temps à perdre avec, et j'étais dare-dare monté jusqu'à Marsoudan, avec ma plus belle chemise. Comme je l'escomptais, la Limande bronzait comme un crocodile sur sa chaise longue et elle avait esquissé un grand sourire en me voyant ralentir le pas devant la maison blanche. « Tu es un cabot qui a besoin de sa chaîne ? Tu ne sais pas comment occuper tes temps libres ? » qu'elle m'avait lancé d'un ton badin. « Je n'aime pas les dimanches non plus. C'est drôle hein, même lors des vacances, à peine l'œil ouvert je sens le poids de ce jour particulier qui me colle aux épaules. C'est stupide, ça ne nous empêche pas de faire ce qu'on fait d'habitude pourtant. » Ce à quoi j'avais acquiescé. Y avait un léger vent qui faisait jouer les mèches de son chignon haut placé et on s'est laissé sécher par l'aubaine de cette brise qui tarissait momentanément les minces rigoles de sueur sécrétées à la racine de nos cheveux et au-dessus de nos lèvres supérieures. « J'ai une idée », qu'elle a dit en se redressant, « puisque les vioques sont pas là, on va se faire une partie. Je reviens ! » Je trouvais pas ça très très respectueux, cette façon de parler des anciens et surtout des siens, mais bon elle avait l'air tellement contente, à courir sur le chemin la séparant de la maison en faisant virevolter le bas de sa légère robe dont sortaient deux chevilles microscopiques, que je me suis dit que mes leçons de morale, j'allais les laisser de côté pour pas lui saper sa joie. La tolérance, que je me répétais, la tolérance. Je me trouvais très altruiste comme gars, à traîner avec une paia et à lui parler comme à une égale. À ce moment-là, je me souviens que je me voyais comme un modèle, un véritable Jésus-Christ *bis*, tendant généreusement la main à ma prochaine, malgré les différences qui auraient fait qu'en temps normal on se serait jamais adressé la parole, parce que c'était une femme et pas l'une des nôtres et que moi j'étais pauvre et que j'étais un gitan. Y avait rien de tout ça en jeu bien sûr, j'étais juste en émoi mais trop fier pour me l'avouer. Elle est ressortie de la maison avec une longue besace en cuir contenant un jeu de boules de pétanque, un sac en toile sur l'épaule et on a pris le chemin de la placette qui pour une fois était déserte vu le cagnard du milieu d'après-midi. Je les regrettais dès le début de la partie mes bons sentiments, ma bonté d'âme et mon altruisme parce que c'était une déculottée qu'elle me mettait, comme si c'était une bouliste médaillée qui attendait son heure pour humilier les gars. Son humilité feinte à chaque point remporté m'irritait encore plus. Dès que je lançais une boule, elle disait « presque » et quand elle m'en dégageait une, elle disait : « Oh ! Désolée, je ne l'ai pas fait exprès. » À la fin de la partie, j'étais en fureur et je m'imaginais tous les sévices que je lui aurais fait subir si j'avais pas risqué la prison. Elle m'a proposé un pastis en sortant deux verres du sac en toile, qu'elle a été couper avec l'eau qui coulait de la fontaine sur la place. Comme je lui adressais plus un regard, elle m'a lancé : « C'est drôle, avec tout le temps que tu passes dehors, que tu ne sois pas plus doué à la pétanque. » Et là, le volcan d'énervement qui montait dans mes tripes a été tel que je me suis mis à rire, ce qui a eu l'air de bien lui faire plaisir et à peine une heure après, encouragé par son attitude et rendu homme par l'effet de l'alcool courant dans mes veines, je me suis rapproché d'elle sur ce muret qu'on occupait et elle a posé sa tête sur mon épaule. L'après-midi était délicieuse, tout était simple et naïf, c'était l'Éden de mes premières amours estivales. Après avoir blablaté de tout et de rien, on s'est plus sentis obligés de parler et elle s'est un peu assoupie recroquevillée la tête sur mes cuisses, pendant que je souriais aux rares oiseaux perchés sur les arbres avec un faciès d'imbécile heureux. J'avais pas été aussi niais depuis la fois où la belle Matilda m'avait donné un baiser pour me remercier d'un bouquet de fleurs des champs que j'avais cueilli spécialement pour elle, parce qu'elle disait que quand elle avait pas d'homme dans sa vie il lui fallait impérativement des fleurs. J'avais pas été le seul à lui en offrir, à Matilda, et sa caravane quand elle m'avait ouvert, c'était presque aussi rempli que chez le fleuriste, mais elle m'avait regardé avec tendresse et dit : « Toi, c'est pas des fleurs du commerce, c'est le bouquet pour lequel on a fourni le plus d'efforts pour moi », et elle m'avait embrassé en serrant contre moi ses deux gros seins ronds et chauds.

Avec la Limande, quand on est sortis de notre léthargie, il était vingt heures et on avait le léger spleen de l'alcool qui retombe quand tu commences à boire trop tôt dans la journée et qu'il faut la meubler jusqu'au coucher. Je lui ai proposé de venir au campement avec moi pour qu'elle voie comment c'était chez nous, et que ça la changerait de la compagnie d'Antonine et Isabelle. Elle a accepté et m'a dit qu'elle en avait que pour quelques instants et quand elle est ressortie de la maison, elle avait une longue robe noire et un foulard rouge à motifs qui la lui resserrait à la taille. « C'est plus dans la thématique flamenco », qu'elle a dit en s'accrochant deux créoles dorées à chaque lobe pour compléter la panoplie, et on a descendu le chemin tandis qu'elle fumait roulée sur roulée comme une locomotive à vapeur.

Au campement, le début de soirée battait son plein car le père Genepi était enfin de retour. La Brindille, comme on le surnommait, je l'aurais pas reconnu tellement qu'il avait gonflé en prison. Il était désormais aussi large que haut, et tandis qu'il me donnait l'accolade, je lui ai demandé à combien de mois il était, ce à quoi il a répondu : « Tu sais, en prison, t'as pas trop intérêt à être un freluquet, faut manger et pas qu'un peu. » Le père Genepi, il était marié à Thérésa la Harpie. Ce couple, c'était un cas métaphysique du genre de l'œuf ou la poule, vu qu'on savait pas si c'était parce que Thérésa était une harpie qu'il s'arrangeait pour se faire coffrer pour plus la voir, ou si c'était une harpie parce qu'il était toujours en prison. Il en restait pas moins que, même si dans le fond on voyait qu'ils étaient bien heureux de se retrouver, ils se couraient déjà mutuellement sur les nerfs et commençaient à s'observer en chiens de faïence. Ça faisait au moins la cinquième fois qu'il allait au trou, le père Genepi, et il racontait les nouveaux clans, comme ça avait changé depuis son dernier séjour avec les surveillants mais que, bon, finalement, on le laissait toujours faire ses petites affaires et que si y avait pas eu les skinheads et les sociopathes, ç'aurait presque été une vie de nanti : nourri, logé, blanchi. « Et en plus, qu'il surenchérissait bien fort pour emmerder Thérésa, on peut faire entrer des femmes pour se distraire, des filles sympathiques et joyeuses, oui oui, sympathiques et joyeuses, ça n'existe que là-bas faut croire ! » Et il racontait le trafic d'alcool et de cigarettes et toutes les bonnes blagues qu'ils faisaient aux matons, tandis que Thérésa la Harpie s'agrippait à son verre de kir comme une chatte à qui on aurait marché sur la queue. Pas loin, Livio armé d'une épine de pin s'amusait à faire exploser des ballons que les mômes avaient gonflés de toute la force de leurs petits poumons. Devant l'anéantissement de leurs efforts, ils chialaient et je subodorais que l'un des pères du groupe allait pas tarder à lui en coller une, parce que les hurlements des gamins, faut le reconnaître, ça fait partie de ces sévices que même un saint homme peut pas supporter. D'ailleurs c'était étonnant de le voir parmi nous, Livio, lui qui nous fichait la paix depuis qu'il suivait le grand maigre en noir partout comme un petit chien qui aurait trouvé son maître. Ça nous arrangeait bien, l'ambiance était bonne et on avait plus à être sur nos gardes. Les enfants étaient plus traumatisés par ses histoires de fantômes et de mauvais œil et même les animaux semblaient profiter de ce bref répit, caquetant, coassant et ahanant.

La Limande a tout de suite eu l'air à l'aise quand je l'ai présentée aux membres du clan. Même avec les plus bourrus c'est devenu la coqueluche, et d'autant plus que Miguel la présentait comme l'amie de madame Sido et de monsieur Arturo. Après qu'on lui a servi un verre de sangria, elle a accepté de jouer à des jeux de cartes avec les vieux à qui ils manquaient un partenaire, avec un enthousiasme complètement feint mais qui prouvait que, finalement, elle avait le respect du troisième âge, ce qui en dit beaucoup sur la nature d'un être humain. Elle a mis ses boucles d'oreilles au centre de la table, ce qui a pimenté une sacrée partie de branques où Ernest la Guigne qui était sourd criait « je vais tous vous aplatir », tandis que Mateo la Tremblote qui était parkinson renversait la moitié de sa sangria sur les cartes. La vieille Flora, dite la Midas, riait de toutes ses dents en or, tandis que Paulo Pipe-Dés tentait d'observer le jeu de sa voisine dans le reflet de ses lunettes de vue, ce qui lui donnait l'air d'une vieille taupe scrutatrice. Mais là où elle a surtout fait bonne impression, la Limande, c'est quand Pepino a bondi sur elle pour tenter de lui vendre ses chapelets, puis qu'il s'est lancé dans l'énumération des mille et une crasses et misères que cette sacrée Gina lui faisait subir. Elle était patiente et l'écoutait avec un air compatissant et des « Mais non, pas possible, quelle patience vous avez avec elle. Ce qu'elle en a de la chance, votre Gina. Négocier des chapelets à Lourdes ? Vraiment, de l'olivier véritable ? Et peints à la main ? Mais quel artisan ! Les gens ne doivent pas se rendre compte. » Même quand Don Diego est venu lui présenter une courge enrubannée dans un linge blanc, elle a été héroïque. Comme dotée d'un sixième sens, elle a pris le légume dans ses bras en souriant et a dit : « Mais quel bel enfant, Don Diego. C'est quoi son petit nom à ce chérubin ? » Il s'en est fallu de peu qu'on l'applaudisse à ce moment-là. Devant la Limande, la courge dans les bras, Don Diego s'était agenouillé : « C'est une apparition mariale, un miracle », qu'il répétait à qui mieux mieux et effectivement, dans sa caboche déglinguée, la Limande c'était une Vierge à l'Enfant, pleine de sollicitude pour son prochain. Si une personne, en revanche, avait la Limande dans le pif, c'était bien Matilda la Belle. Sentant qu'elle était plus le centre d'attention, elle lui tournait autour avec des regards noirs et a même essayé de lui renverser une pleine carafe de sangria dessus. À peine tachée, la Limande s'est contentée de lui dire que c'était pas grave et que ça se verrait pas sur sa robe noire, ce qui a encore plus irrité Matilda qui est allée bouder dans sa caravane, suivie par les jumeaux Pedro et Roberto. Notre royale recrue avait été présentée à presque tout le monde quand une petite main a tiré sur sa robe. C'était la jolie petite Sara et la Limande, subjuguée par ses beaux cheveux de femme, lui a confectionné une couronne de marguerites et de pissenlits qu'elle lui a déposée sur la tête « parce qu'une reine ne doit jamais se montrer à ses sujets sans sa couronne ».

C'est quand on s'est mis à table qu'une scène pour le moins étrange, et qui aurait dû m'alerter sur la suite des évènements de l'été, s'est déroulée. On dégustait en suant à grosses gouttes des brochettes de veau à la tomate en parlant des différentes villes où on avait bourlingué, gonflant nos fanfaronnades comme des baudruches pour impressionner la Limande. Sara expliquait qu'elle voulait devenir une star « internationale gitane », tandis que Livio lui lançait des regards haineux sans toucher à son assiette. « Fayotte », qu'il susurrait tandis que la petite Sara, les joues rosies par la digestion et l'enthousiasme, énumérait à la Limande tous les cadeaux qu'elle nous ferait quand elle serait riche et mondialement connue. Le digestif, un cognac apporté des environs de Seysses par le père Genepi, tournait démocratiquement, quand on s'est aperçus qu'on avait oublié de faire cuire la tarte aux pommes du dessert. La petite Sara est allée chercher une corbeille de fruits qu'elle a installée au milieu de la tablée et qui contenait des noix, des amandes et une pomme solitaire ayant échappé à la découpe. C'est ce moment qu'a choisi l'Étranger pour venir silencieusement s'installer parmi nous. Il nous a souhaité un bon appétit dans son langage châtié habituel, tandis qu'il refusait poliment le verre qu'on lui proposait. En bout de table, sa hauteur svelte contrastait avec celle frêle et tassée de Livio à sa gauche, tandis que les flammes des bougies agrémentant la nappe dansaient sur son visage. C'était bizarre. Il était à peine arrivé, l'Étranger, qu'on est subitement devenus nerveux et irritables. Le silence, que nous autres on entend généralement pas, se faisait pesant comme un paysan mal dégrossi qui se serait invité dans une garden-party, et on fixait tous le fruit au milieu de la table, mal à l'aise, quand Pepino s'est levé et que des frissons ont parcouru mon échine. C'était plus notre bon vieux Pepino debout, mais une chose rose fuchsia qui serait la caricature d'un glouton : sécrétant des flux comme une cascade, les vaisseaux violacés de ses joues et de son nez étaient dilatés, il frottait compulsivement ses mains moites boudinées l'une contre l'autre tandis que sa bedaine conduisait son corps en avant toute. Sa langue pendait presque complètement hors de sa bouche et sa salive humidifiait ses lèvres lippues. On aurait alternativement dit, en fonction de l'éclairage, un gros cochon de lait badigeonné de sébum ou un roboratif feuilleté aux framboises poisseux de sueur. Les arbres noirs et les ombres de la forêt théâtralisaient notre banquet devenu ubuesque, encadrant silencieusement la tablée. C'était comme si des divinités des sous-bois devenues chefs opérateurs orientaient des spots lumineux sur untel ou untel, changeant la couleur des filtres à chaque nouvelle prise de vue. Les enfants piaffaient en ricanant comme des nains sournois, se pinçant et se faisant des frites, quand la paluche de Miguel s'est violemment abattue sur celle de Pepino qui s'approchait de notre seul et unique dessert. Miguel était pas plus beau à voir que Pepino, il était jaune d'envie et vociférait que « cette pomme », il l'avait cueillie « lui » et qu'il la laisserait pas à un « goinfre vorace et inutile ». Les rides d'amertume encadrant sa bouche fine étaient comme marquées au couteau, sa teinte jaunâtre s'agrémentait de nuances gris cadavre : Miguel était comme un sorbet au citron sur lequel on aurait écrasé une cigarette. Il tapait du poing sur son torse, comme un automate mécanique, répétant : « Il faudra me passer sur le corps, il faudra me passer sur le corps » quand, lui donnant la réplique, Matilda feu la Belle a bondi de sa chaise tel un polichinelle de sa boîte, le teint blanc orgueil. Cette tonalité faisant ressortir la sombreur de ses cheveux et de ses sourcils, lui donnant l'aspect d'une chose maladive et agonisante, tandis que son front gonflé de suffisance paraissait prêt à imploser. Sa nuque s'était démesurément allongée comme celle d'une girafe et elle toisait tout un chacun, secouée de mouvements d'épaules et de mines contrites qui devaient se vouloir hautaines, mais que son physique du moment rendait juste ampoulées et disgracieuses. Elle a juré, craché par terre et dit qu'elle était « la plus belle » et que, donc, c'est à elle qu'il revenait de manger cette fameuse pomme. Don Diego d'un bleu lavande paresseux suçotait mollement son pouce, se lamentant à l'oreille d'une courge assise sur ses genoux qu'il était trop fatigué pour se disputer. Thérésa la Harpie et le père Genepi se faisaient face comme deux mouillettes ayant trop trempé dans le jaune d'œuf, orange vif, droits et raidis par la colère et se balançant des œillades à se réduire mutuellement en cendres. Un dieu nous détestant aurait pas fait mieux, ah ! elle était belle cette réunion gitane faite de confettis d'êtres mal assortis et qui se disaient une communauté. Le fard coloré de nos humeurs soudaines avait figé nos traits et nos attitudes en un caravansérail d'amuseurs pathétiques et grotesques. C'était une noce burlesque qui se déroulait, un banquet bouffon et macabre où des damoiselles avaricieuses et décoiffées se déchiraient avec des damoiseaux colériques et sales. L'Étranger, calme, observait la scène avec un contentement relatif, un peu distant et comme trop habitué à ce genre de scène pour y prendre un véritable intérêt. Seuls les rares vers luisants alentour arboraient une teinte nuancée. J'avais une envie impétueuse de sentir le goût acidulé du fruit sur ma langue, moi aussi. C'était devenu comme si rien au monde ne pouvait supplanter ce désir et je me disais que moi seul méritais ce plaisir car j'étais l'héritier de la Grande Dora, celui qui avait le don de prescience. J'ourdissais d'ailleurs mon irruption dans ce tableau de la discorde – tablant sur l'épuisement des lutteurs pour tirer mon épingle du jeu – quand deux batraciens aux jambes maigres (les jumeaux qui étaient verts de jalousie et qui se disputaient le fruit pour avoir les faveurs de Matilda), faisant dégringoler la vaisselle, ont par là même renversé une pleine salière qui traînait à côté d'une miche de pain entamée.

C'est à ce moment que, comme par magie, chacun a retrouvé sa place et on se regardait, les vêtements déchirés pour certains, les cheveux pleins de sauce et de nourriture pour d'autres, sans arriver à saisir ce qui s'était passé. On était gênés par cette scène surréaliste mais le naturel est vite revenu – ainsi que nos carnations habituelles – et on a fini par exploser de rire à l'unisson. C'est sûr que c'était du mezcal au LSD ou une décoction à l'ayahuasca, ce cognac du père Genepi. Lui, il a nié et répété que le caviste de Seysses lui avait vendu un cognac de dix ans d'âge, tandis qu'on lisait l'étiquette au dos de la bouteille les larmes aux yeux : « Une saveur fruitée qui accompagnera à merveille des discussions nocturnes endiablées. » Amos a rebondi en nous parlant des hallucinations collectives qui avaient eu lieu à une époque dans le Gard et qui auraient été liées à des champignons contenus dans la levure du pain. Chacun y allait de son anecdote et au bout d'un moment on a été chercher la Grande Dora pour organiser la veillée. Elle discutait plus loin avec ses ancêtres en caressant les marques de dents inscrites sur le bec de sa pipe, l'air triste, mais elle s'est ressaisie en voyant la Limande et l'a invitée à prendre place à côté d'elle tandis qu'on écoutait, assis en tailleur, le dernier épisode des histoires de nos ancêtres. Épisode qu'on connaissait par cœur mais qu'on était très fiers d'entendre narrer à une nouvelle venue. Comme en avertissement, le couteau de monsieur Arturo chauffait le fond de ma poche, mais le feu étant pas loin j'y ai pas trop prêté attention. À cette époque, comme je l'ai déjà dit, je ne savais pas encore déchiffrer tous les signes.

« Prenant la route, une dernière fois vers le sud, le conseiller partit à la rencontre d'Igor. S'approchant, il fit halte près d'un ruisseau pour se désaltérer. L'eau qui y coulait était rouge et des poissons morts y flottaient en grand nombre. »

Là, la Grande Dora s'est arrêtée : « Non, ce n'était pas Livio qui avait sévi. » On a tous explosé de rire avant qu'elle ne reprenne son récit, fière de sa boutade.

« Après avoir franchi le pont-levis, le conseiller du roi Golur toqua à la porte d'une première habitation, puis d'une deuxième et ainsi de suite. Personne ne lui répondit. Forçant une porte branlante, il y trouva ses occupants terrorisés. Ceux-ci lui apprirent qu'Igor était devenu fou et que les seules personnes à encore sortir de chez elles étaient les fossoyeurs. Le roi et la reine se livraient au massacre des jeunes gens du royaume, depuis qu'un étranger venu les visiter leur avait conseillé de boire le sang et de manger le corps d'enfants pour acquérir la vie éternelle. Le roi et la reine, qui avaient commencé par manger leurs propres enfants, s'en prenaient désormais à ceux des autres et de grandes rafles avaient lieu à la nuit tombée. Quand le conseiller arriva dans les cuisines du palais d'Igor, les marmitons y pressaient des cadavres pour « en extraire le jus », qu'ils stockaient dans des carafes, tandis qu'une fois exsangues les dépouilles étaient embrochées et cuites dans les cheminées avant d'agrémenter les légumes de saison.

Arrivé à l'étage, le conseiller fit irruption dans une vaste salle où le roi et la reine s'adonnaient à une orgie « à la romaine », à moitié allongés et dévorant des corps d'enfants élégamment servis avec du céleri dans les trous de nez et les oreilles et des carottes à un endroit qu'il n'est pas permis de nommer, la panse pleine de la farce aux cerneaux de noix dont on les avait gavés. Le roi et la reine, entre deux mastications, se miraient dans des poudriers pour vérifier si leur peau était plus ferme et leur teint plus vif. "Igor, fils de Golur le Magnifique, quelle est cette folie qui t'a été insufflée ? Est-ce en te repaissant de la chair de ton prochain, en sacrifiant ta future lignée que tu rends hommage à ton père ?" Ignorant le conseiller car il n'était plus en âge d'être consommé, le roi soupirait en émettant des rots, se pourléchant les doigts de la graisse humaine qui s'y était accumulée et laissait se perdre quelques gouttes du sang chaud qu'il buvait. Le conseiller sortit alors de l'un des pans de son vêtement un fruit de l'arbre qu'avait engendré Ormunda la Belle. "Vois ce que tu es devenu, fils de Golur, vois ton infamie" et le roi se vit couvert de sang humain. Igor et sa femme fuirent le château pour aller se noyer dans les flots de l'océan qui, face à tant de crimes et d'horreur, rugit impitoyablement et les emporta dans ses profondeurs. L'Étranger qui avait instillé l'idée de jeunesse éternelle au roi et à la reine et qui déambulait entre les monceaux de cadavres cuisinés, d'un rictus déçu fut rendu à son habit de corbeau et s'envola de nouveau, proférant à l'intention du conseiller : "Je reviendrai et plus vite que tu ne le crois."

Le couple royal avait heureusement une fille ayant échappé aux massacres, car sa nourrice qui l'aimait tendrement avait pris soin de la cacher dans une pièce secrète du château. Elle s'appelait Alba et c'est d'elle que notre clan descend. Il se murmure que le conseiller, au moment de sa mort, lui a légué les derniers fruits de l'arbre de vérité ainsi qu'un morceau du bois de son tronc dans lequel elle aurait taillé une pipe. Depuis Alba, ce sont toujours des femmes qui dirigent notre clan. Les hommes n'ont pas encore été lavés des souillures qu'ils ont commises par le passé », a conclu la Grande Dora à l'adresse de la Limande qui avait les yeux ronds de l'intérêt qu'avaient suscité nos contes. « Mais il faut être vigilant car l'Autre est patient, il étend son empire et a tout son temps. »

Alors que Matilda la Belle, parée de ses couleurs chaudes, se lançait dans un flamenco, apaisant les bleus des âmes et ceux encore frais des corps, j'ai raccompagné la Limande à la porte de la maison d'Antonine et Isabelle. Après avoir entrouvert le portail, elle m'a dit : « À demain ? » et on s'est souri de manière entendue. « À demain, Annabelle. », que je lui ai répondu.

Je filais le parfait amour et les peintures du gîte étaient enfin terminées. On avait bien cravaché avec Miguel. C'étaient des tons ocre et jaunes que le propriétaire avait choisis pour orner ses murs encore vides de cadres. C'était tellement bien fait notre travail, que je me suis dit que si j'étais un gadjo ça me ferait bien plaisir de dépenser mon argent dans ce gîte-là, à me la couler douce. Les montagnes, comme des caryatides soupesant le ciel, entouraient le village, et on apercevait sur leurs pentes, s'élevant doucement, des chèvres, des chevaux et des vaches qui paissaient philosophiquement, parfois embêtés par des bergers ou des enfants venant les titiller du bout de leurs bâtons. Ça me rendait poétique l'amour, philosophe du dimanche aussi, et la montagne c'était idéal comme port d'attache à ma mièvrerie puisque ça parle aux tripes et à l'âme. Pour avoir pas mal sillonné de régions, je sais d'expérience que ce qui est dans la tête d'un homme, c'est pas la même chose en fonction du lieu où il se trouve. Un habitant du plat pays, il pense pas comme un habitant des montagnes ou comme un homme qui aurait grandi à proximité de la mer. Un type du plat pays, il est moins amené à la mystique et sa religion c'est plus une suite de rituels qui meublent l'année. Il voit son avenir s'étirer devant lui jusqu'au bout, l'habitant du plat pays. C'est bien aussi, mais y a pas ce questionnement issu de la crainte de ce qu'il voit pas, cette impression d'être tout petit qui retourne l'âme et le ventre et qui donne l'envie de tester ses limites. Se réveiller devant la montagne qui se dresse, ça permet de s'imaginer des choses lointaines, des apparitions et des spectres. Un paysage qui cache rien, c'est comme une femme qui à force d'être toujours nue aurait perdu de son mystère. Ça fait peur, un paysage de montagnes, et ça titille la fibre romantique, ça germanise l'anecdotique avec des oh ! et des ah ! C'est pas pour rien que les apparitions de la Vierge, elles se font dans des lieux aux géographies particulières et que c'est jamais arrivé dans la Beauce. Moi j'ai toujours aimé la montagne, l'effort pénible dans les guiboles, puis l'exaltation du panorama qui attend en haut. Et ça tombait bien vu que cet été-là j'en brûlais, de la calorie ! J'essayais de repérer les signes que la Grande Dora m'enseignait, j'essayais de voir, de voir derrière le décor de ce qui est donné d'emblée. Les villages, moi j'en avais ma claque, avec les chiens qui montaient la garde au seuil des maisons et qui vous sautaient dessus, franchement, c'était à vous dégoûter de la flânerie. Alors on se promenait en pleine nature avec Annabelle, entre les ruisseaux et les arbres. Écoutant le cri des animaux et repérant les glands écrasés qui signifiaient le passage d'une laie et de ses petits. Je lui apprenais les astuces de la mousse qui pousse sur la face des troncs exposée plein nord et l'aspect des champignons comestibles. Pour l'intéresser, elle qui était pas contemplative, je la prenais par les sentiments en lui racontant des bobards, comme quoi les paysans du cru trouvaient beaucoup de truffes dans les sous-bois et qu'il était pas rare qu'elles soient de la taille de mandarines. Gourmande comme une chatte, elle ouvrait depuis tout grand ses yeux, retenait chacun de ses pas et salivait en parlant de l'omelette gargantuesque qu'elle allait se faire avec.

Au fil de nos excursions, on avait fini par découvrir le refuge de berger dont madame Sido nous avait parlé ; le refuge d'Eugène Doub. C'était une petite maison rudimentaire en pierres grises et je me plaisais à répéter que c'était le pied-à-terre de tous les types qui depuis la nuit des temps en pouvaient plus de leurs bonnes femmes et qui prétextaient d'aller cueillir des champignons pour y passer des journées peinardes à lire *L'Équipe*, les jambes croisées dans un chez-eux réconfortant. J'aimais bien aussi parler à Annabelle des loups qui dévoraient les bêtes des gens du coin, des ours qui se faisaient de plus en plus nombreux et de plein de légendes qui la terrorisaient et la faisaient se coller tout contre moi.

Un après-midi qu'on était fatigués, poussés par la curiosité on a forcé la porte du refuge. Dedans, y avait le strict nécessaire, deux chaises en osier, une petite table ronde, un crucifix retourné face contre le mur et derrière lequel était encore coincée une gerbe de laurier desséchée. Y avait aussi une petite photo sur l'un des murs, dans un cadre, et qui était celle d'une femme noire, de trois quarts, souriant à l'objectif d'un air amusé et bienveillant. Prise alors qu'elle se retournait, la foule de ses nattes voletait autour de son visage confiant, comme les sièges de certaines attractions foraines autour d'un pylône qui aurait été sa nuque. Elle avait l'air sympa, qu'on s'était dit avec Annabelle, tout en continuant de fureter. J'avais remarqué une vieille armoire dans un coin, quelques nids d'hirondelles au plafond et des déjections de rongeurs dans les coins. En montant à l'étage, ce qui était un bien grand mot puisqu'on y tenait pas debout, y avait une souris crevée qui était comme momifiée dans une position fœtale. « Mets-la dehors, je t'en prie », m'a demandé la Limande qui comme beaucoup de donzelles avait une peur bleue des souris. J'ai enroulé le corps dans une feuille de journal et je l'ai approché de la Limande en disant : « Z'êtes sûre, mademoiselle, que vous voulez pas en goûter une tite part ? », puis j'ai arrêté là mes salades parce que j'ai vu qu'elle était sur le point de pleurer tellement qu'elle avait eu peur. C'était nul, en plus d'être lourd, j'avais complètement cassé l'ambiance.

« C'est drôle une aussi petite maison sans rien de superflu. Ça doit apprendre à être humble et on doit mieux y réfléchir. Ça doit permettre d'aller directement à l'essentiel », qu'elle a dit quand elle a arrêté de me faire la gueule, assise sur une des chaises en osier. « Je me verrais très bien y vivre ! » « Et la nuit ? » que je lui ai demandé, « tu ferais autant la fiérote ? » Elle a haussé les épaules en continuant d'aller et venir dans la pièce et en regardant par le verre poussiéreux et gondolé des vitres. « Je vais te raconter quelque chose », qu'elle a repris, et je l'ai écoutée avec attention, parce que c'était pas fréquent qu'elle raconte des histoires. Les gadjos ils ont perdu l'habitude, ça les rend timides.

Ils ont aussi leurs légendes, les sédentaires, leurs mythes, mais qui sont des mythes psychologiques et avec moins d'imagination. Ils voient pas toujours ce qui auréole le social et le circonstanciel, l'ombre, la lumière, les présences. C'est comme s'il suffisait d'allumer l'électricité et hop ! que tout était explicable. Enfin, c'est l'idée que je me faisais, moi. J'en avais jamais entendu des récits de paios. Annabelle, même lorsque je lui demandais simplement de me parler de ce qu'elle faisait dans la vie, elle répondait par des blagues désopilantes car elle disait que c'est impudique de parler de soi et que de toute façon ça sert pas à grand-chose, qu'on est ce qu'on est à l'instant même et puis c'est tout. Moi, je me disais qu'elle avait plutôt raison. Si j'avais su ce que c'était sa vie ordinaire, bah j'aurais été empli d'une tristesse lourde comme si on m'avait coulé du ciment dans l'ventre et ça aurait lesté notre été si aérien. C'était évident qu'on avait rien à faire ensemble et qu'il fallait préserver ce bref chemin de traverse de nos vies. La légèreté aurait fui à trop parler et on avait tous les deux conscience que l'éphémère de notre rencontre, c'était déjà beaucoup. C'est comme si on était d'éternels fiancés et que notre relation pouvait pas se ternir vu qu'elle évitait la patine du temps qui passe et repasse sur le quotidien et l'inscrit dans l'histoire commune. Y avait pas de mensonges, de reproches ou de récriminations. Y avait du désir entre nous, mais du coup pas non plus encore d'amour véritable, puisque l'amour il naît entre deux êtres par tout ce mélange de hauts et de bas sur le long terme. « Tu sais », qu'elle m'a dit, et son anecdote elle parlait justement de ce à quoi je réfléchissais, « je connaissais un type et une fille qui ont eu une drôle d'histoire. Figure-toi que ce qui les avait rapprochés au départ, c'est que lui était très malade. Les médecins lui avaient donné moins d'un an à vivre et ils s'étaient rencontrés lors d'une soirée. Quelques jours après la fête, tandis qu'ils se promenaient dans un parc en discutant d'une quantité de choses, il lui a avoué sa situation, ce qui n'a rien remis en cause. Elle était très éprise, lui aussi, et ils se riaient bien de la mort, l'utilisant comme un chaton faisant ressortir la richesse des instants qu'ils vivaient. C'était une injure faite au Sort, lui qui décide de ce qu'il donne et de ce qu'il retire et qui aime la gravité de ceux qui le craignent. Alors, il a attendu patiemment son heure, le Sort, laissant croire à leur orgueil respectif qu'il n'avait effectivement pas prise sur eux. Elle, elle s'occupait de lui, heureuse que sa vie ait un sens plus grand désormais, heureuse de se surpasser gratuitement, de vivre une passion si particulière et d'expérimenter ce que tant d'autres ne vivront jamais : la jouissance de l'instant présent. C'était une halte laissant place à l'existence, cette rencontre. Ils ne faisaient pas de plans, et donc, habitaient chaque seconde : ils créaient le temps et ne le subissaient plus. Je pense n'avoir jamais vu deux êtres aussi proches, superbes, légers et forts à la fois. Ils partaient en voyage sur des coups de tête, dépensaient à tour de bras se disant que c'était normal. Ils avaient un immense mépris pour ceux qu'ils appelaient « les condamnés à vivre », ces écureuils qui emmagasinent « au cas où » des économies et qui laissent, sans jamais tenter de la saisir, la vie filer dans un quotidien terne et quasi millimétré. Ceux qui attendent que les évènements leur tombent dessus – famille, promotion, retraite – et qui parvenus en bout de course commencent à se poser des questions comme des bêtes beuglant à l'injustice au seuil de l'abattoir. C'est l'humilité de ceux-là qu'ils méprisaient. Leur passivité et cette vie à l'économie qu'ont les avares.

L'année continuait de s'écouler et le couperet de la mort voletait autour d'eux, renforçant leurs sentiments mutuels. Quand son terme est arrivé, lui qui aurait dû être agonisant se sentait parfaitement bien. Il est allé chez son médecin qui lui a fait faire de nouvelles analyses. Eh bien, figure-toi qu'il était complètement guéri et quand il l'a annoncé à son amie, cela a été une nouvelle preuve de la surpuissance de leur amour et une validation de leur façon de vivre qui était la seule bonne. Leur vie a repris son cours. Six mois plus tard, alors que j'étais invitée à l'un des nombreux dîners qu'ils donnaient, j'ai compris que ces repas étaient un cache-misère : ils s'ennuyaient terriblement car leur passion n'avait pas supporté d'être jetée dans le long terme. Elle était vidée de sa substance et de sa force. Bien sûr, ils étaient tellement fiers qu'ils faisaient tout pour ne pas se l'avouer. » « Et après ? » « Après ? Ils ont continué de se voiler la face dans une surconsommation d'achats et en se déplaçant sans cesse. La délocalisation du malheur… Ça trompe pas longtemps… Elle, elle a pris un amant pour essayer de se sentir de nouveau vivre. Au départ, elle se sentait coupable, mais finalement, elle en a eu d'autres. Elle se disait que si ça lui faisait du bien et que ça ne blessait personne, y avait pas de mal. C'est ça, se détourner de soi-même, c'est une suite de petits compromis avec sa nature mais qui ne leurrent pas longtemps. Ils se méprisaient mutuellement, salissant le beau de ce qu'ils avaient vécu, jouissant de basses tromperies pour meubler l'absurdité d'être là qu'ils ressentaient. Le temps long, ça demande de l'humilité et c'est pas donné à tout le monde, déjà d'en prendre conscience, puis de l'accepter. À force de saletés, leurs disputes sont devenues violentes parce que chacun s'en voulait et reportait la faute sur l'autre. Ils détestaient ce qu'ils étaient devenus et le Sort riait de la déliquescence de la vie de ceux-là mêmes qui avaient eu l'audace de se croire plus forts que lui.

Un beau jour, elle est tombée enceinte. C'était la deuxième fois que cela lui arrivait. La première, elle n'avait pas voulu sacrifier son autonomie et sa passion à un enfant qui serait un obstacle. Cette fois-ci, elle décida de mettre un terme à sa grossesse pour des raisons différentes. Elle décida de le faire parce qu'elle savait qu'elle s'en prendrait à lui, que son foyer était une prison terne et qu'il subirait l'aigreur liée à l'échec de ses ambitions qui n'avaient pas vu le jour. Élever un enfant dont on n'aime plus le père, réussir à l'en dissocier, c'était une épreuve qu'elle se savait incapable de surmonter. C'était courageux comme décision. Le nombre de femmes qui gardent des enfants juste parce que leur âge et leur niveau social le permettent… Elle, elle gardait l'idée qu'un enfant, pour qu'il naisse accompli, il faut que ce soit un choix. Que ce soit un fruit de l'amour véritable et désintéressé et pas un prétexte tout trouvé pour combler un manque. Après qu'il l'eut accompagnée à l'hôpital pour qu'elle prenne les médicaments adéquats, ils se sont dit au revoir. Elle, je ne sais pas ce qu'elle est devenue, juste qu'elle est partie vivre à l'étranger comme beaucoup de gens qui fuient une vie qu'ils pensent irrécupérable et qui survivent par la fuite. Lui, il s'est suicidé. Mais ça n'avait pas vraiment de rapport, semble-t-il. Il n'avait jamais pu se faire à une vie modeste et je crois que sa maladie était revenue. »

« C'est drôle », qu'elle a terminé son histoire, « c'est comme si c'était un test moral, ce miracle premier. Comme si, incapables de dire merci, on leur avait tout repris. » Sur ce, comme pour acquiescer à cette chute, un nid d'hirondelles est tombé par terre avec un petit bruit sec et on a tous les deux sursauté.

L'après-midi a continué de s'écouler ; on s'était assis par terre, Annabelle sommeillait sur mes genoux. J'arrivais pas à être serein et je scrutais le refuge, étrange malgré son apparente banalité. J'avais l'impression d'être dans un espace-temps figé. Il faisait chaud, la poussière flottait dans les rais de lumières et la pesanteur de l'habitation infusait mon moral. La seule pensée qui me venait en l'observant, c'était une sorte d'à-quoi-bon diffus, comme si les personnes qui s'y étaient relayées y avaient laissé le fossile d'une grande fatigue morale, de celle qu'on peut ressentir quand y a pas ou plus de perspectives. Y avait une trace noire sur un mur qui ressemblait à une main imprimée, telle une décalcomanie, près de l'armoire en bois clair et j'ai été y farfouiller quand la Limande est sortie de sa léthargie. Dedans, y avait des boîtes de pellicules, des photographies de paysages poussiéreuses, et en les faisant défiler je me suis rappelé l'histoire d'Eugène Doub que madame Sido nous avait racontée avec Miguel et que ce refuge avait été celui de ses derniers moments. Dans l'armoire, y avait aussi une maigre collection de journaux et, pour renouveler l'atmosphère, j'ai décidé d'en faire la lecture à voix haute. C'était une série quotidienne relatant un vieux fait divers : « Le grand chanteur Aloïs Benevour, atteint d'une maladie incurable, s'exile dans le palace d'Excelsior-les-Pics pour y finir ses jours en compagnie de dix reines de beauté. » Eugène avait dû trouver le feuilleton particulièrement savoureux vu qu'aucun épisode de la feuille de chou locale ne manquait. On y suivait les détails du séjour du chanteur, de son arrivée en fanfare au palace à son départ en corbillard. Après maintes descriptions de fêtes splendides et extravagantes, le journaliste levait le voile sur l'identité des fameuses reines de beauté. C'étaient en fait des poules qui, après avoir complètement détroussé ce pauvre Aloïs, étaient allées témoigner de son mode de vie dispendieux et excentrique. Ses chaussettes étaient en vigogne et ses caleçons en soie, il ne buvait que du champagne et se livrait au suçotage continuel d'entrailles d'ortolans ; bref, c'était un sale type se riant de la misère des travailleurs. Mais, et c'est là où le feuilleton se corsait, rira bien qui rira le dernier, le chanteur rapidement ruiné par ses excès n'était mort que sept ans après ; la Faucheuse ne se décidant pas à venir le prendre, il avait dû devenir homme à tout faire dans ce même palace. Il y avait des clichés de lui habillé en groom devant l'ascenseur, des clichés de lui en chauffeur garant de somptueuses voitures, des clichés de lui en jardinier sécateur à la main, des clichés de lui faisant briller l'argenterie… Alors qu'Aloïs était abandonné de tous, seul un cousin éloigné semblait lui avoir tenu compagnie jusqu'au bout et il apparaissait sur l'un des clichés, la main sur l'épaule de l'ancien chanteur lui-même assis dans un fauteuil roulant. Debout à côté de ce qui était devenu une épave humaine, le cousin avait un drôle d'air satisfait, un tantinet narquois et c'est là que la Limande qui était venue se poster derrière moi a mis le doigt sur quelque chose : « Tiens, c'est le type qui traîne sans arrêt avec Livio ! »

Et elle avait raison, la grande tige toute de noir habillée sur la photographie ressemblait trait pour trait à l'Étranger, avec son regard envoûtant et son sourire au calme sarcastique. J'ai cherché l'année sur le journal : le numéro datait des années soixante et le fait divers de 1920. Pour me rassurer, j'ai ri bien fort : « C'est collector tout ça, mademoiselle. Si c'était lui, il serait pas aussi gaillard à parcourir la montagne toute la sainte journée, mais bien six pieds sous terre, l'Étranger ! » La lumière baissait et il devenait de plus en plus difficile de distinguer les détails de la photo. Mal à l'aise, j'ai été remettre les numéros en pile dans l'armoire. J'étais pas mécontent du tout quand on a refermé la porte du refuge d'Eugène et qu'on est redescendus vers Marsoudan. Annabelle laissait rien paraître, mais je voyais qu'elle aussi hâtait le pas pour s'éloigner au plus vite de ce lieu qui manquait, un tantinet, d'amour.

Alors qu'on passait devant la maison de madame Sido et de monsieur Arturo, j'ai été surpris de voir que Miguel, qui voulait les saluer le matin même, y était encore. Il était dix-sept heures et il était complètement rond, racontant l'histoire bien connue de Sabrina, l'une de ses anciennes conquêtes, tandis qu'eux se fendaient la poire. « Une curieuse, madame Sido ! Voilà ce qu'elle prétendait être, la Sabrina. Une "amatrice des arts et des lettres". Et moi qui y connaissais rien, éperdu je croyais à son baratin de descendante des Lumières françaises et *tutti quanti*. Elle avait rien d'autre qu'un bachot littéraire en poche, mais ça plus le fait qu'elle avait eu quinze sur vingt à un exposé sur Voltaire, j'en entendais parler dès qu'on passait devant une librairie ou qu'y avait un débat pour faire rentrer un scribouillard au Panthéon. Elle appartenait à un club littéraire qui organisait des cafés-lectures et essayait de me rendre jaloux en évoquant toute une foule de bellâtres à lunettes et écharpes qui se mouraient d'amour pour elle entre deux corrections de copies. Ils s'ennuyaient ensemble, quoi. Enfin ! C'est limite si elle me faisait pas l'aumône de me fréquenter, tellement qu'elle jasait que tout ce petit monde était brillant. Elle a même essayé de m'obliger à lui écrire des lettres pour qu'il y ait "des preuves" que j'avais été fou d'elle, pour "les générations futures". Comme quoi que ça se faisait en France et que ça s'appelait l'amour courtois. Ça a pas duré longtemps cette affaire avec la Sabrina, quatre mois, mais je peux vous dire que j'ai eu l'impression que ça avait duré quinze ans. C'était une coquette, ce qui est la plus pénible catégorie de femmes puisqu'y faut du temps pour s'en remettre. C'est du sprint les coquettes, et moi, bah je suis plus du genre coureur de fond. Bon, j'm'en vais vous raconter comme tout ça s'est terminé en tout cas. La Sabrina, je l'avais invitée à venir passer quelques jours avec moi dans un village breton. Je vous vois faire les gros yeux, madame Sido, monsieur Arturo, un gitan dans un village breton ? Est-on sérieux ? C'est comme d'imaginer le Dalaï-Lama au Texas, hein ! Eh bien, c'est juste que la Sabrina arrêtait pas de me parler de séjour en amoureux et de week-end romantique et que moi qui avais pas le sou et qui me lamentais, un copain de Montpellier m'avait prêté la maison de famille de ses grands-parents qui étaient morts et que personne habitait à l'année. Fou que j'étais, moi, j'ai foncé. »

Madame Sido, pour pas interrompre Miguel possédé par son monologue et prenant des mines contrites de tragédien, nous a fait signe à la Limande et moi pour qu'on reste pas devant le portail. Toujours l'écoutant avec un intérêt bien ostentatoire de peur qu'il croie qu'elle écoute pas, elle nous a concocté deux calimuchos. Arturo répétait comme s'il avait été chauffeur de salle : « Et alors, et alors Miguel, dis ! C'est quoi qui s'est passé avec cette Sabrina ? », et Miguel a poursuivi après une demi-seconde de suspens et un faciès qui se voulait grave, d'une voix saliveuse de gars qui est fait : « D'abord, madame Sido, monsieur Arturo, y a eu son arrivée en fanfare à la Sabrina. Ça a mal débuté avec ce que j'appelle "l'entrée en scène de la moustache". Bon, à l'époque, j'avais un snobisme qui était de toujours vouloir porter une moustache et, comme je me rasais à la main, y pouvait y avoir des dérapages. Pour l'arrivée de la Sabrina, moi je m'étais rasé de près et, comme ça arrive parfois, quand j'ai créé ma magnifique moustache, bah c'était bien la seule chose de magnifique sur mon visage, vu qu'autour j'étais tout rouge et gonflé. J'ai eu beau m'appliquer du talc sur les joues, le cou et le menton, ça a empiré et des colonies de boutons ont commencé à apparaître. Alors, finaud, pour camoufler, je me suis enroulé un foulard sur le haut du cou, au-dessus d'un col roulé. À la gare où j'ai été la chercher, quand elle m'a vu, la garce a explosé d'un rire moqueur dont je me rappellerai toute ma vie. Puis, elle a crié bien fort en continuant de hoqueter tellement qu'elle se marrait que je ressemblais à une girafe alcoolique, avec mon long cou de col roulé, mon foulard et ma petite tête rouge perchée dessus. Pour une arrivée, c'était de bon augure : j'étais mortifié. Enfin. Cette moustache, c'est un peu le leitmotiv du calvaire qui a été le mien tout du long de ce séjour breton. Nos journées étaient toujours à peu près les mêmes. On dormait jusqu'à quinze heures, on se faisait un petit quelque chose à becqueter puis Madame se préparait pendant une plombe dans la salle de bain. Quand elle en sortait, y faisait nuit et on enfourchait nos bicyclettes pour aller au café du vieux port où la serveuse avait pas sa langue dans sa poche. Elle s'appelait Marie, la serveuse, et elle nous servait de sacrés doubles portos. La Marie, elle aussi avait une dent contre ma pilosité ou bien c'est qu'elle avait dû rater sa formation de barbière. En train de servir les habitués du troquet, elle s'arrêtait pour analyser ma moustache à voix haute en demandant l'avis de tout le monde, comme quoi elle était trop ceci ou pas assez cela, et moi, j'avais l'impression d'être un monstre de foire. Pour éviter ses allusions acerbes à des sosies pas flatteurs comme Astérix, Zapata ou José Bové, j'avais pris l'habitude d'entraîner Sabrina sur la terrasse chauffée où la Marie allait moins et je lui lisais des poèmes que je trimballais toujours dans ma poche. C'était un recueil que j'avais dégoté à la Maison de la presse pour lui montrer que moi aussi j'aimais la littérature, sous le titre de *Poésies drolatiques et désobligeantes*. Une fois que je lui lisais un poème qui était pas très drolatique à mon sens mais drôlement cochon, y a un pêcheur ivre installé à une table à côté qui nous a abordés. Après avoir fait remarquer que ma moustache était bizarre et en avoir rajouté parce que ça faisait rire Sabrina, il a fait observer qu'elle avait des mains de squelette pas habituées au travail, des mains « comme dans la continuité de ses avant-bras ». Nous, on comprenait pas trop ce qu'il voulait dire, mais quand on a regardé les siennes on a saisi l'idée. Ses paluches, c'était comme deux ballons de rugby, elles étaient ovoïdales et rouges, avec des doigts carrés et c'était comme si elles avaient été fichées sur le bout de ses poignets à un endroit où y avait rien avant. Il m'a d'emblée donné un surnom le bougre, il a dit : « Ah oui, toi tu es un fidalgo ! », ce qui avait l'air d'être un sobriquet mélangeant les mots de hidalgo et de fourbe, et j'ai compris qu'il trouvait que ma moustache, en plus de me donner l'air con, me donnait aussi l'air fielleux. Bref, j'étais rhabillé pour l'hiver quand il a commencé à vouloir nous raconter sa vie. Sabrina qui était polie et toujours prête à essayer de me rendre jaloux, manifestait de l'intérêt pour ce qu'il racontait. Alors, il a redoublé d'efforts pour faire le beau et s'est lancé dans une tirade sur ses origines portugaises, peuple de grands navigateurs conquérants à qui rien ne résiste, gnagnagna et qu'il avait eu une femme mais qu'il vivait plus avec elle et qu'elle était beaucoup moins jolie que Sabrina d'ailleurs gnagnagna et qu'il adorait les enfants et que les filles, c'étaient des joyaux qu'il fallait entourer de l'écrin d'attentions délicates, et je t'en passe comme il faisait le fayot pour arriver à ses fins : me la piquer. Au bout d'un moment, alors que j'agitais le livre de poèmes dans la direction de Sabrina, le pitre d'eau douce a demandé, après être carrément venu s'installer à notre table « pour mieux s'entendre », ce qu'on lisait. J'ai cherché le nom de l'auteur. « Rimbaud », que je lui ai dit, sans autre précision. « Rambo ? Ah je connais pas ce Rambo et ça parle de quoi ? » qu'il a demandé l'air faussement intéressé à Sabrina. Moi, j'étais ulcéré et je lui ai balancé l'bouquin, vu qu'il commençait à sacrément me courir sur le haricot. Bah, figurez-vous que j'aurais jamais dû faire ça, parce qu'il a commencé à le lire à voix haute et que les phrases, quand il les proférait, c'était magnifique et habité, et mes lectures à côté, j'ai bien vu que Sabrina elle trouvait que c'était du pipi de chat. Elle était bouche bée devant ce type tenant dans ses grosses paluches de travailleur ce petit livre de poésie. Ce type qui récitait d'une voix ancestrale des mots auxquels il comprenait pourtant rien. Il était en complète adéquation avec ce qu'il lisait et moi, je me disais qu'effectivement y avait pas à dire, le « Sonnet du trou du cul », ça lui allait comme un gant. Bref. Les soirs d'après, dès qu'on arrivait au café, Sabrina, elle se précipitait sur le marin pour lui demander de lui lire des passages de poésie et moi j'étais comme un con qui avait plus d'utilité et qui leur tenait la chandelle. En sus, il la faisait boire et avait que le bon côté des choses, vu que c'est moi qui après me coltinais ses sautes d'humeur. Un soir, figurez-vous, madame Sido, monsieur Arturo, que j'ai même dû la porter sur mon dos jusqu'à la maison, vu qu'elle avait sifflé cinq doubles portos et qu'elle était plus capable de monter sur sa bicyclette, qu'elle injuriait en la traitant de tas de ferraille. Le lendemain matin de cette soirée, elle avait perdu son pull et je peux vous dire que d'avoir été une épave la veille, elle s'en fichait pas mal. Tout ce qui importait, c'était de retrouver son pull rouge que j'avais laissé tomber alors qu'elle était soi-disant en détresse, et le pull en question a commencé à être auréolé d'une importance similaire à celle d'un legs familial. Ça a fini qu'elle m'a menacé en me disant que j'avais intérêt à lui en racheter un neuf et de la même couleur. Après ça, pour éviter ce traquenard du bar de la Marie, je me suis mis en tête de lui faire voir du paysage. J'ai joué le romantique pour la reconquérir, Sabrina, et le soir, à la nuit tombée, je l'emmenais sur des falaises surplombant la mer ou visiter des ruines de château dans la forêt, au clair de lune. Je lui contais fleurette et elle se serrait tout contre moi en fermant les yeux. Eh bah, figurez-vous, madame Sido, monsieur Arturo, que quand elle m'enlaçait, bah ça avait rien à voir avec la passion ! Quand elle est allée prendre le car qui la ramenait à la gare, elle est allée lire dans un café où la tenancière lui a donné son numéro de téléphone. Bah moi, quand je l'ai enfin eue deux semaines après au téléphone, elle m'a dit qu'elle allait revoir cette fameuse tenancière et que les vacances qu'on avait passées ensemble, elles resteraient comme les pires de sa vie. Elle m'a dit qu'en plus d'avoir été la risée du bourg à cause de ma moustache grotesque, j'étais un sadique et l'archevêque du glauque, et qu'y fallait que je tourne pas rond pour avoir eu l'idée de l'emmener visiter des ruines en pleine nuit. Elle a dit que je finirais par découper des enfants et que, c'était sûr, j'avais essayé de l'assassiner en lui faisant avoir une crise cardiaque et que quand elle se serrait contre moi au bord de la falaise, c'était juste parce qu'elle avait peur de tomber vu qu'on y voyait pas tripette. Le noir, le bruit de la mer déchaînée, les apparitions, elle en avait eu sa claque et elle a conclu que la palme de ma sournoiserie revenait à la visite du château paumé en pleine forêt et que le Portugais du bar de la Marie avait tout de suite compris ce que j'étais : un fielleux fidalgo. Humilié par une harpie et ruiné, voilà comment je suis allé rendre les clefs de la maison à mon ami. Je peux vous dire que depuis, si je croise un Breton, je suis capable de tout vu que j'ai toujours l'impression qu'ils regardent ma barbe de traviole. On m'y reprendra pas à sortir avec des sédentaires. » Et Miguel s'est jeté la fin de son calimucho dans le gosier, clôturant ainsi la discussion et renvoyant cette sale bonne femme de Sabrina dans les oubliettes de sa mémoire.

On peut avoir tendance à croire que ce qui est narré à la rigolade, ça marque pas son homme. Mais pour Miguel, cette histoire de Sabrina, quand il l'évoquait c'était souvent le signe du réveil d'une vive et nostalgique amertume. Contrairement à beaucoup d'entre nous, il avait vraiment tenté de pénétrer la société des gadjé et cette rupture téléphonique abrupte, il l'avait ressentie comme une remise en cause de ce qu'il était lui, comme un nouvel échec d'immersion parmi ceux qui pouvaient avoir tendance à nous cataloguer. Certains font le choix de rester parmi nous, quand d'autres sont là parce qu'ils ont pas vraiment eu le choix ; voilà ce que j'ai essayé d'expliquer à la Limande tandis que Miguel s'efforçait d'aligner horizontalement ses pas jusqu'au campement. Cette thématique nous a d'ailleurs tenus jusqu'au soir avec Annabelle : le fait de saisir son destin à bras-le-corps et d'éviter le ressentiment. On grillait des épis de maïs sur un feu à l'écart du campement, nous lançant dans des promesses de droiture morale et d'exemple à donner, multipliant les anecdotes sur ceux qu'on avait pu croiser et qu'on considérait comme étant des renonçants.

La naïveté de celui qui a peu vécu ! Les leçons de morale et les jugements définitifs ! On était pas dans la nuance, la Limande et moi, mais c'est aussi ça qui fait que le changement et les luttes viennent souvent de la jeunesse. Regagnant la caravane alors que le feu était sur sa fin, tandis qu'Annabelle procédait aux mystérieuses ablutions des femmes, je me suis fumé ma grosse roulée du coucher – cette fois-ci pas uniquement composée de tabac – et c'est alors que, sorti de nulle part, l'Étranger est littéralement apparu à côté de moi. Je lui ai proposé de tirer, ce qu'il a poliment refusé de faire. J'étais saoulé qu'il s'éternise là et j'ai maladroitement enchaîné en demandant comment allait Émir, son cousin qu'on avait pas vu depuis au moins dix ans. Dédaignant de répondre à ma question, il s'est enquis de savoir comment j'avais trouvé le refuge d'Eugène. J'étais surpris car je me rappelais pas en avoir parlé à qui que ce soit, mais commençant à planer, ce qui m'aidait pas à rester très lucide, j'ai dit « glaçant », essayant de lui expliquer l'effet que ça m'avait fait à l'intérieur sans trop peiner dans ma description, vu qu'à l'instant j'en ressentais de nouveau l'impression néfaste.

« C'est à peu près cela, oui. Un lieu en léger manque d'amour », a dit l'Étranger, puis il a fouillé dans sa poche et en a sorti une liasse de photographies qu'il a tendue dans ma direction : « Regarde, bougre d'âne, ce sont les photographies d'Eugène, celles qu'il prenait avant de ne plus pouvoir pondre que des paysages déserts. » J'aimais pas ses manières, au grand maigre, vu que la seule personne à avoir le droit de m'appeler par ce sobriquet de bougre d'âne c'était la Grande Dora, mais j'ai quand même saisi le paquet.

« Vous connaissiez Eugène Doub ? » que j'ai repris, « c'est pas votre première fois dans la région ? » « Bien sûr que non, cela fait bien longtemps que j'y traîne mes guêtres dans cette vallée. Tu n'étais pas encore né, va, que j'en connaissais le moindre foyer. » Puis il a commencé à décrire certains des clichés, l'air du gars ravi de me présenter des proches. « Elles ne sont pas mal ! » qu'il a rigolé, « tiens, celle-ci c'est moi qui l'ai prise ! Il fallait bien qu'Eugène ait son portrait lui aussi non ? » J'ai regardé la photographie, minutieusement, de ce pauvre Eugène tout courbé et qui avait le regard d'un type ayant tout à fait abdiqué. « Oui… » je me suis raclé la gorge, « pas mal… » que j'ai dit, courtois, tandis que défilaient, entre autres, une photographie d'Antonine toute rabougrie et méfiante derrière sa fenêtre et celle d'une épicière, hommasse à l'air haineux, et j'ai pas osé dire que, franchement, il avait pas eu tort d'arrêter de tirer le portrait à des humains, Eugène, parce que c'était sûr qu'on devait pas souvent vouloir de lui comme photographe de mariage. Il a de nouveau effectué une assez longue pause, l'Étranger, et a murmuré comme quelqu'un qui se parlerait tout seul : « Cela demande de la patience d'obtenir le résultat escompté. Tant d'efforts pour un seul sujet. » Puis, me regardant : « Tu sais, il faut mettre la personne en confiance pour que sa vraie nature ressorte. Il faut la guider, lui donner des conseils. Elles ont souvent toutes les potentialités en elles, mais pas le déclic de la mise en application. Ce qui m'importe, comme c'était le cas d'Eugène, c'est de saisir l'instant décisif, celui où l'homme s'abandonne à sa nature profonde. Il ne dure qu'une brève seconde, cet instant, mais c'est l'éternité du sujet qui se grave. Je me rappelle l'instant décisif de chacune de ces petites personnes, si cela t'intéresse », qu'il a continué, « Antonine, par exemple. Ah ! mon Antonine ! Elle ne m'a pas donné beaucoup de travail, elle au moins. Son instant, je me le remémore comme si c'était hier, c'était après un déjeuner dominical copieux. Son frère et sa femme venaient tout juste de se marier et ils faisaient la sieste. Elle, elle a démonté l'un des crochets du portemanteau, celui sur lequel sa belle-sœur mettait ses affaires. C'était sa manière de lui faire comprendre qu'elle ne serait jamais chez elle dans sa maison. Cela te surprend, hein ? Eh oui, le basculement chez un être n'est pas forcément spectaculaire. Il le couve et c'est à moi de le cueillir. D'ailleurs il n'y a que moi qui sais vraiment le capter, cet instant. Cela se joue à très peu de chose. » Puis il a pris la photographie d'un bonhomme rougeaud et qui avait dû pas mal siffler. « Lui, c'est Germain. Germain aimait une femme qui a épousé son cousin, un éleveur. Pour se venger, dès que son cousin avait un nouvel animal, Germain passait ni vu ni connu donner à manger à la pauvre bête une pomme dans laquelle y avait un frelon. Les bêtes agonisaient et bien vite, son cousin et sa femme se sont retrouvés ruinés. Or ? Là où l'argent manque, l'amour file ! Ils se sont séparés mais la femme que Germain convoitait n'a toujours pas plus voulu de lui. C'était trop tard, il ne suffit pas de supplier quand le mal a été fait et c'est à ce moment que l'agonie et le tourment commencent. » Il a montré un autre cliché : « Elle, c'est Olivia, elle tenait l'épicerie du village avant que celle-ci ferme. C'était une vilaine langue de vipère, cette Olivia. » J'avais une furieuse envie de vomir qui cheminait en moi et la tête qui tournait comme si j'étais pris dans la danse de ces photographies macabres qu'il savourait de détailler. « Elle cancanait sur tout le monde, jusqu'au jour où elle a lancé une rumeur sur l'instituteur du village. Ces cancans la désennuyaient et ils rameutaient des femmes qui elles aussi s'ennuyaient, ce qui, elle le pensait, lui donnait un peu de pouvoir. Mais la rumeur l'a dépassée, Olivia, elle a traversé la barrière du village, de la ville et a engendré des suspicions massives, des lettres de dénonciations, des demandes de radiation. Le pauvre instituteur, lui qui chérissait tant les enfants car il était stérile, dégoûté de la bassesse humaine qui salit ce qui est beau et pur, s'est coupé les veines un beau matin avant la rentrée des classes. Ça faisait longtemps qu'il y pensait mais cette date était très symbolique ! Regarde, c'est un peu après la mort de l'instituteur qu'Eugène l'a photographiée, Olivia. Pas une once de remords, comme tu le remarques. Mais ça l'a rattrapée et sa mort a été terrible ! Elle se tordait de douleur en demandant pardon, reconnaissant que c'était par mécontentement de sa vie à elle qu'elle en avait persécuté d'autres. Mais il était trop tard, là aussi. Il y en a des faciles qui ont le germe en eux et d'autres chez qui il faut le faire naître par des circonstances. » J'en étais hypnotisé, j'arrivais pas à l'interrompre et je me sentais tellement prêt à défaillir que je me suis retenu à son bras. Il m'a lancé un regard en coin, à mi-chemin du dégoût et de la vexation comme si c'était donner de la confiture à un cochon que de me raconter tout ça, mais il a poursuivi : « Tiens ! Voici le père d'Amos. Ah ! il en faisait voir des vertes et des pas mûres à sa pauvre femme ! Si seulement elle aussi avait aimé le vin... Amos était un enfant charmant, j'ai été déçu qu'il ne me reconnaisse pas. C'est comme une grande famille tout ça, comme tu peux le constater. Que de souvenirs ! Et Eugène, ce bon Eugène... Bon, le mérite ne m'en revient pas entièrement contrairement à ce que t'a dit le vieil Arturo, j'ai été bien aidé par ce bouillon de culture que sont les habitants de Marsoudan, mais cela a quand même nécessité de longues discussions dans son refuge. Le cliché de lui, je l'ai pris après qu'il a reçu la lettre de son ancienne fiancée africaine, c'est ce qui l'a décidé à passer à l'action, Eugène. C'était une gentille lettre d'ailleurs, que je lui ai bien souvent lue et rappelée. Elle voulait "juste" prendre des nouvelles et elle lui annonçait qu'elle ne le tenait responsable de rien, qu'elle était mère maintenant et qu'elle priait beaucoup pour lui. Cela a été une belle année pour moi, une belle récolte ! » qu'il s'est esclaffé, et son rire ressemblait à un rire de bouc, éraillé et saccadé comme un bêlement. Suant comme une fontaine, glacé, tentant de clore la discussion parce que je sentais que j'allais pas tarder à rendre mes tripes, en un maladroit pied-de-nez je lui ai lancé : « Moi, le seul portrait que je retiens, c'est celui de sa fiancée dans le refuge, le seul qui est pas dans votre collection ! » « Oui, comme tu l'as bien vu, je ne l'ai pas emportée avec moi celle-ci », m'a répondu l'Étranger cessant de rire subitement et fichant ses billes bleu ardent dans les miennes. « Quel goût pour la vulgarité tu as, bougre d'âne, ça te plaît hein, cet air niais et béat. Mais je saurais bien vous le faire passer moi, ce sourire d'enfants sots. » J'avais comme l'impression de voir voleter des mouches qui seraient sorties de sa bouche tandis qu'il s'enfonçait dans la nuit, accompagné par leur bourdonnement, la végétation s'écartant sur son passage.

Après avoir vomi, vomi et encore vomi, j'ai rejoint Annabelle qui dormait déjà. La barre dans ma tête laissait place à une seule phrase que je me répétais en boucle : « Cette herbe devait être surpuissante. » Oui, à cette époque, j'étais bien loin de déchiffrer les signes.

À côté des rituels comme les apéros ou les veillées, qui cimentent le quotidien mais qui surpiquent des liens déjà présents, on tentait aussi de vivre de nouvelles situations. Un matin de cet été, avec Miguel on s'est mis en tête d'aller se mêler à la faune des touristes et des gens de Lourdes pour prendre le café. La Grande Dora, Amos et les autres comprenaient pas ce snobisme vu qu'on prenait toujours tous nos repas ensemble. On était comme des gosses qui font l'école buissonnière avec Miguel et on trouvait ça très chic de « donner du temps au temps » en s'accordant une matinée loin des nôtres. On s'est posés sur une petite terrasse, prenant des airs de messieurs bien comme il faut alors qu'on avait l'impression d'être d'audacieux espions camouflés et on a commandé, comme des bourgeois, deux chocolats chauds, deux jus d'orange et deux croissants. Il faisait frais et clair, c'était magnifique. Le matin au mois d'août, y a pas à dire, c'est vraiment le plus beau moment de l'année. La lumière est franche et pleine des possibilités à venir et les oiseaux peuvent alors se mouvoir dans l'air que la chaleur du début d'après-midi n'appesantit pas encore. Le ciel était d'un bleu olympien, sans aucun nuage et le fond de l'air encore taiseux ; des petits vieux à l'intérieur, en pleine partie de 421, jonglaient déjà du pastis au vin blanc. Avec Miguel on a commencé un jeu qui nous détendait et qui laissait notre esprit vagabonder : on donnait des pichenettes dans une pièce qui tournait sur elle-même comme une toupie et qu'il fallait relancer sans cesse pour qu'elle retombe pas à plat sur l'une de ses faces. Sur la placette, y avait des fausses statues, enfin des zouaves qui se griment à force de maquillage en statues dorées en attendant qu'on vienne déposer de la monnaie dans la bannette à leurs pieds, et j'ai remarqué deux gamins qui en titillaient une tandis que les parents étaient perdus dans la lecture d'un plan de la ville, croulant sous l'attirail du touriste des métropoles – bermuda, gourde, sac à dos massif – et le teint blafard d'un trop-mis de crème solaire. L'un des gamins, après avoir vérifié que ses parents étaient à distance, le plus naturellement du monde a baissé son pantalon jusqu'aux chevilles pour montrer ses fesses en se dandinant au type déguisé en statue, tandis que son frère faisait mine d'uriner dans sa direction. Les parents toujours dissimulés derrière leur carte et plissant les yeux comme deux souris myopes, ni une ni deux le type déguisé en louis d'or a saisi, rapide comme l'éclair, le nez du gamin, qui s'était reboutonné, entre le pouce et l'index et crac, j'ai même cru entendre le bruit depuis ma chaise. Quand la famille est passée devant nous, le môme avait le tarin qui pissait le sang et il hurlait que c'était la statue qui lui avait fait mal, tandis que le père vociférait qu'il en pouvait plus d'avoir deux sangsues menteuses en guise d'enfants. Il était pas très observateur, le père, son môme avait les deux ailes du nez recouvertes de doré et après avoir réglé l'addition, j'ai été déposer quelques pièces devant le saltimbanque qui était de nouveau immobile mais qui m'a fait un clin d'œil. C'est pas acceptable l'humiliation, et ça même pour les pauvres, faut pas croire.

Avec Miguel on est allés se ravitailler au tabac, après avoir croisé chemin faisant deux processions eucharistiques principalement constituées de vieux en fauteuil roulant. « C'est la chenille qui redescend », qu'on a entonné devant l'air courroucé de six bonnes sœurs bien en chair qui les emmenaient assister à la messe de dix heures à Saint-Pie-X. Comme un mioche, en plus de mes roulées, de Tic Tac et de Malabars, j'en ai profité pour acheter deux jeux à gratter et Miguel a quant à lui parié sur un match de boxe. On se blaguait de ce qu'on ferait de tout cet argent si on l'emportait. Moi je disais que j'aimerais me payer le luxe de partir voyager autrement qu'en caravane pour une fois, et que je me voyais bien avec la Limande dans un jet privé atterrissant sur une île où je siroterais des cocktails, tandis qu'elle m'épilerait les poils des épaules en me couvrant de baisers là où j'aurais des rougeurs post-arrachage. Bref, je faisais mon cacou quoi, quand une femme d'une cinquantaine d'années, très belle bien que trop maigre et qui avait je ne sais quoi de bizarre, est rentrée dans le tabac. Elle arborait une coiffure haute et un petit gilet blanc à boutons de nacre, des anneaux en argent et une robe courte dévoilant de jolis pieds aux ongles vernis dans des sandales en cuir or. Elle essayait de doubler mine de rien les rêveurs de la queue et quand son tour est enfin arrivé, elle a z'yeuté les paquets de cigarettes et en a demandé un « avec une image représentant un enfant dessus ». J'observais un match en direct sur l'écran au même moment et ça m'a sorti de la zombification produite par l'écran, cette demande. Effectivement, fallait se débrouiller pour éviter les vignettes comme celle représentant le cancer de la trachée ou celle des dents pleines de trous, censées nous dissuader de cloper. Le buraliste chinois, l'air étonné, lui a tendu un premier paquet qu'elle a observé en disant : « Non pas celui-ci, s'il vous plaît. Un autre, avec un autre enfant dessus. Celui-ci est trop laid. » Il s'est marré, comme nous tous mais au paquet d'après, elle a repris : « Non monsieur, j'en voudrais un avec un enfant qui souffre plus dessus. Enfin, vous voyez, qui souffre pour de vrai. » Au quatrième paquet d'indus où elle disait :

« Ah, oui c'est presque ça, celui-ci, on voit bien qu'il en a plus pour longtemps ! », le buraliste a fini par s'énerver et lui dire qu'elle retardait tout le monde, qu'elle était pas chez un commissaire-priseur et qu'elle avait qu'à aller dans un orphelinat ou lire Dickens si elle voulait trouver son bonheur. Moi, je le trouvais bien patient, ce buraliste dont Raymond avait parlé à Amos. Ce pauvre type qui se coltinait des tarés à longueur de journée en plus de subir l'ire de Jacquot et de ses semblables qui étaient racistes des Asiatiques.

S'enfilant des Malabars en faisant les plus grosses bulles possible, on a constaté avec Miguel que la librairie-papeterie en face du tabac était pleine comme un œuf. Sur la devanture, trônait une pile de livres surplombée par la photographie du type qui devait les avoir écrits. Il semblait être effrayé par rien, vu la mine qui était la sienne et certainement pas par le placement de marques étant donné qu'il s'était fait tirer le portrait de manière à ce qu'on puisse pas rater le chrono qui agrémentait son poignet. « C'est une Daytona, m'a dit Miguel, ça se revend ultra cher, c'est spécialement fait pour la plongée sous-marine. » Tant bien que mal, on a réussi à se trouver une petite place, bloqués contre la porte d'entrée tandis que les gens déjà dedans nous lançaient des « chut chut, mais chut voyons », à cause du bruit de crevaison de nos bulles de Malabars. L'Auteur a fini par débouler du fond de la librairie après s'être fait bien attendre, ce qui était débile puisque tout le monde savait qu'il était là, une sorte de treillis caca d'oie sur les épaules, les manches bien remontées sur les avant-bras pour que sa grosse montre puisse respirer. Il avait des bagues aux doigts, des bracelets en cuir et en tissu et des lunettes rondes un peu fumées sur les yeux et a pris place sous une nuée d'applaudissements, l'air impénétrable et le sourcil farouchement dressé. C'était un « écrivain-voyageur », à ce qu'on a compris de sa présentation, c'est-à-dire : un type qui comme nous voyageait, mais qui était payé pour le faire. Il s'est raclé la gorge, a ouvert une bouteille d'eau minérale comme avant le début d'un trekking et s'est lancé dans une description de son fardeau : être lui-même et cela, depuis toujours. Un écrivain de chair et d'os, avec Miguel on essayait de comprendre à quoi ça se jouait. Il a expliqué qu'il collectionnait les carnets pour pouvoir « y coucher mes maintes et maintes idées » et surtout « les anecdotes impayables que la vie offre et qui ne s'inventent pas ». Le style ? Il s'en fichait du style, qu'il disait, mêlant dans son explication au langage soutenu quelques interjections comme « merde quoi ! », « qu'ils aillent au diable ! » et « on s'en fout ! ». « Le style, pfff, de la branlette de lettrés. La musique, la simplicité de la phrase ! » qu'il a continué. « La musique c'est l'important, écoutez : Samarkand, Bagdad, Honolulu, Taipei, Papeete. » Le public s'est tu pour mieux tendre l'oreille et saisir l'imaginaire exotique contenu dans ces sonorités rappelant le grand large. Entre chacun des noms de ces villes, l'écrivain-voyageur laissait un silence, bondissait sur ses jambes et se mimait comme pris dans des courants d'air qui l'auraient mené d'un endroit à l'autre. Miguel m'a susurré à l'oreille qu'il devait s'extasier plus d'une heure par jour devant un rouleau de papier toilette Lotus, s'en murmurant le nom à haute voix pour essayer d'envisager un horizon bien plus sympathiquement lointain que celui de son côlon. Je me suis marré et les « chut chut chut, voyons » ont repris en chœur, pour nous signifier notre irrespect devant cette écoute démocratique. Certains septuagénaires ont augmenté le volume de leurs sonotones et l'idole a pris un air gêné, celui d'un type qui, décidément, peut plus supporter la vulgarité de la civilisation.

Le libraire a poursuivi avec ses questions, apprises pour la plupart par cœur, mais qui se voulaient improvisées : « Mais alors comment tout cela a-t-il commencé pour vous ? Avez-vous toujours été un… je me permets ce terme », puis l'air mi-audacieux, mi-interrogatif : « un indompté ? » Il était rose de sa non-audace, le bougre de libraire, et l'autre a mimé un temps de réflexion, comme s'il se replongeait dans un lointain passé alors qu'il avait même pas dans les quarante ans et dit : « Le mot juste serait : un homme libre. J'ai toujours été un homme libre. Je n'ai jamais été capable d'être statique. Je n'ai jamais accepté d'être attaché à quoi que ce soit. Je suis un peu comme… un électron à la dérive. J'ai la haine de l'étiquette, la haine de ce qui est prévisible, de ce que l'on nous impose à demi-mot. » « Qu'est-ce qu'un homme ? » qu'il a crié. « Quelque chose que l'on catégorise ? À qui l'on explique ce qu'est *la bonne vie* ? Comment il doit être, se comporter ? Tout cela pour le faire ployer, pour le réduire en esclavage, comme tant d'autres ? Nooooon !!! » a-t-il gueulé. « Nooooon !!! Mieux vaut dans ces conditions mourir qu'accepter de se prêter à leur jeu et devenir des morts vivants ! » Tout le monde a applaudi, tandis qu'il rejetait la tête en arrière, replaçant par là même ses mèches derrière les branches de ses lunettes.

« Bien, bien », a réembrayé le libraire, content d'avoir l'impression de vivre un évènement dont on reparlerait. « Mais comment cette prise de conscience de votre différence d'avec les gens normaux s'est-elle faite ? Cela aurait-il quelque chose à voir avec votre enfance ? » Il lisait au mot près certaines de ses questions, les longues à virgules, qu'il semblait trouver audacieuses et pleines de psychologie, et Miguel a sifflé entre ses doigts pour l'encourager vu qu'il était évident que c'était un timide qui prenait sur lui. « J'ai toujours eu ce feu en moi, cette… impression de ne pas être à ma place, cette empathie fraternelle et mousquetaire avec ceux qui sont dans les marges, mes… si j'ose, mes pairs essentiels et non sociaux. » « Mmmh mmmh », a ponctué le libraire, embêté devant une potentielle tournure philosophique à laquelle il ne s'attendait pas. « Voulez-vous dire que votre cadre familial ne vous destinait pas... » « À être un mousquetaire ? » a enchaîné l'écrivain-voyageur en le coupant et en partant d'un rire sonore et méprisant. « Non, certainement pas. Le confort était le maître-mot de mes géniteurs, si vous aviez vu leur tête quand je leur ai dit que je destinais ma vie au voyage et à l'écriture... Mais ils ont cru que j'avais perdu la raison, voyons. Puis que cela me passerait. » Il a de nouveau rejeté la tête en arrière et a repris : « Ma mère m'a raconté que je suis né avec le cordon ombilical enroulé autour du cou, un psychanalyste vous dirait que ma destinée était tracée : les liens familiaux, l'enfermement, cela m'aurait fait mourir à petit feu. Enfant, on me disait déjà indiscipliné. » Là il s'est lancé dans un monologue justifiant qu'à l'école il pouvait pas tenir sur son siège comme si c'était déjà un signe de sa vocation précoce de « globe-trotteur ». « Je rêvais des mers du Sud, j'étais, comme le disait mon psychologue, un éternel insatisfait, un casse-cou, un enfant qui réfléchissait trop. Un hyperactif à qui on a essayé, pour brider sa véritable nature, de faire prendre des médicaments et même que l'on a essayé... d'enfermer... Un pur-sang, un suicidé de la société quoi, comme me le disait un copain au cours d'art dramatique. C'est ce que je suis. »

Des soupirs et des protestations indignées ont fusé, mais l'écrivain-voyageur a levé la main pour rétablir le silence : « C'est du passé. Je ne tiens plus à parler de cette sombre période et à ergoter sur les œillères bourgeoises de mon entourage. Fi du ressentiment. J'ai appris à faire acte de résilience, ma nouvelle famille, ce sont ceux que je rencontre lors de mes voyages... Vous ! » Une nouvelle salve d'applaudissements a fait bourdonner les vitres de la librairie-papeterie. « D'ailleurs, je suis un écrivain et c'est une phrase prononcée par mon père qui a décidé de ma destinée. Durant un déjeuner dominical où j'observais ma mère et mon père, révolté, j'ai tapé du poing sur la table en disant que je ne pouvais pas assister à tant de conformisme. Armé seulement d'un caban et d'un sac en toile pour survivre et franchissant la porte de l'appartement familial, j'ai entendu mon père, alors que ma mère gémissait devant cette inéluctable fracture de notre cellule familiale, me dire : "Bon vent !" » « Bon vent », a répété l'écrivain-voyageur, en effectuant une nouvelle pause, les yeux plissés et hochant la tête. « Qu'étaient les lieux clos, les coteries, les rallyes, les toiles de maîtres enfermées dans des cadres au milieu desquelles j'avais grandi ? Je ferai de MA vie une œuvre d'art, voici ce que je me suis dit en franchissant la porte cochère de leur immeuble. Adieu le joug. Et, effectivement, je sentais déjà le "bon vent" me pousser dans les traces des hors-la-loi, mes frères. J'agirai moi, oui messieurs, j'apprendrai par l'action, ni Dieu ni maître ! » et il a brandi le poing. « Le licol d'un train-train aliénant, voici ce que je rompais. J'ai déambulé jusqu'au parvis de Notre-Dame où je me suis posé sur un banc. Je n'avais pas une pièce en poche et devant ce temple dédié à un Dieu mort, aux idoles, m'est venue l'intuition que tout passe et que nous n'avons qu'une vie ! » Le public applaudissait à s'en fendre les phalanges. « Et j'ai sauté dans le premier vol et tout abandonné pour rejoindre le Grand Nord. » « Bah, comment vous avez fait ? a dit Miguel, si vous aviez pas un sou en poche ? » Les applaudissements ont redoublé, empêchant que l'écrivain n'ait à se justifier devant les basses contingences contenues dans la question de Miguel ; le commun des mortels revivait, grâce à un récit sentant la transpiration et la tente Quechua, une destinée qu'il n'avait pas eu le courage de choisir lui-même. C'était un rapport sado-masochiste qui se déroulait devant nos yeux ébahis à Miguel et moi, et plus l'écrivain-voyageur semblait mépriser le salariat, le mariage, l'enfantement, le consumérisme, plus ils applaudissaient, se reconnaissant eux et leur couardise dans ses propos et adoubant celui ayant eu l'audace de se défaire de ces brides. Un type du public a lancé au-dessus des autres : « Mais vous n'avez jamais eu peur ? » et l'écrivain-voyageur a été secoué d'un rire soulignant l'absurdité de cette interrogation : « Mais peur de quoi ? » « Et les gens vous donnaient de quoi vivre ? » a demandé un autre. « Oui. Même si je n'avais pas besoin de grand-chose, un carnet, ma boussole et un peu de tabac. »

Alors, Miguel a de nouveau levé le doigt et demandé : « Mais selon vous, pourquoi les gens vous donnaient de l'argent ? Enfin, je veux dire, ils ne donnent pas à ceux qui font la manche, et ça déjà dans les grandes villes, alors dans des villages où les gens sont encore plus méfiants ? » L'écrivain-voyageur a eu l'air un peu étonné devant cette question et a répondu : « Je pense qu'ils voient ceux à qui leur aide peut vraiment apporter quelque chose. » Miguel est resté sans voix quelques secondes, puis a repris : « Mais ceux qui mendient, c'est pour survivre, faire vivre leur famille. Ça leur apporte vraiment quelque chose. Vous avez pas l'impression que c'est… malhonnête de prendre pour votre loisir ce que d'autres ont vraiment besoin d'avoir pour survivre ? » L'écrivain-voyageur avait l'air de trouver Miguel pas con – ce qui visiblement l'emmerdait. « Les gens donnent à ce qui les fait rêver, pas pour voir à leur porte ce dont ils entendent déjà trop parler aux infos. Quant à la survie, le voyage en est une aussi. » Le libraire a interrompu Miguel pour qu'il arrête d'argumenter, subodorant le soufre potentiel de prochaines questions néfastes à la vente ultérieure des ouvrages et au chiffre de sa journée. Devant la nullité des questions qui s'enchaînaient, à savoir la madeleine de Proust de l'écrivain-voyageur et ses plus beaux souvenirs de voyage, on a fichu le camp de ce que le libraire appelait « une signature haute en émotions ».

« Bah mon gars, faut qu'on se mette à écrire hein », a dit Miguel tandis qu'on manquait encore de se prendre une procession en pleine poire, mais d'enfants cette fois-ci. « Eh pourquoi pas », que j'ai répondu et on est retournés au café de la place où on a demandé au patron des feuilles et deux stylos. Une fois installés, on a gratté les deux jeux que j'avais oubliés dans ma poche, geste qui tombait à pic puisqu'il faut toujours gratter avant d'avoir mangé, au cas où. Je n'ai rien eu, zéro, nada et j'ai pesté quand j'ai vu que j'aurais pu remporter près de quatre-vingt mille, vu que ça me faisait toujours comme si je les avais perdus. Miguel a gratté à son tour et ce cocu a gagné quatre-vingt-cinq francs, alors on s'est commandé une assiette de saucisson et un pichet de vin rouge et on a trinqué à notre future carrière littéraire.

Après deux verres de rouge, on a senti qu'il était temps d'entamer notre ascension dans la haute sphère des lettres et, tant bien que mal, on s'est mis à gribouiller des pattes de mouches inspirées sur nos copies blanches à marges et à carreaux d'écolier, vu que les feuilles venaient d'un classeur appartenant à la petite fille du tenancier du café. Quand on a eu terminé, confiant, je me suis raclé la gorge, ce qui me semblait faire partie d'un protocole entre lettrés, et j'ai commencé à lire mon texte à Miguel : « Je me souviens de cet été-là, où il a débarqué des fougères avec sa face crayeuse, à cette période de l'année où comme disent les payou, nous autres on apportait la pluie. » J'avais ensuite créé une histoire de pelures de pommes de terre et décrit quelques habitants du campement en train de faire bombance sur fond de flamenco. Quand j'ai eu terminé, j'étais un peu ému et j'ai regardé Miguel qui faisait tourner son verre de vin vide entre ses doigts. Bah figurez-vous que mon génie, ça semblait pas lui avoir sauté au visage. « Alors ? » que je lui ai demandé au bout d'un moment. « Tu veux vraiment savoir ce que j'en pense ? » qu'il m'a dit. Ça fleurait pas bon tout ça et j'étais tout refroidi, mais j'ai rien laissé voir de mon inquiétude et j'ai pris une attitude détachée en regardant au loin. « Dis toujours. » « Bah c'est niais », m'a balancé cet âne sans prendre la peine d'enrober son jugement dans des fourrures langagières qui l'auraient atténué. « Enfin, je veux dire que je dis ça pour toi hein, pac'que tu vois, y paraît que dans un livre les gens ils lisent que ta première page et là… Bah ça donne pas envie de continuer. Déjà on dirait des demeurés vivant dans un conte qui serait pas la vraie vie, tes personnages, puis c'est écrit bizarrement comme si c'était en train d'être parlé et ça, ça se fait pas en littérature. Y a des règles et des formules à respecter, des phrases d'usage quoi. Si t'es dans la tête de ton personnage, y a moins de style quoi. Puis ça veut dire quoi, une face crayeuse hein ? Tu peux m'expliquer ? Ça veut rien dire, ça se branle cette phrase, tu t'es pris pour Lamartine ? » Je voyais pas qui était cette La Martine, mais ce que je sais c'est que j'étais horriblement vexé et blessé dans mon amour-propre, alors j'ai arraché la feuille de Miguel de devant lui pour réciter à voix haute ce qu'il y avait écrit. « Il était une foie des gitans à Lourdes », que j'ai lu en me marrant. « Ah oui, d'accord, je vois les "phrases d'usage". Oh les belles fautes d'orthographe, il était une fois, t'as écrit ça comme du foie de veau, ha ha ha. Mais c'est toi en fait que le groupe d'alphabétisation était venu chercher. » Miguel était lui aussi tout rouge, ce qui était que justice et il essayait de m'arracher la feuille des mains alors que je continuais de lire son texte d'élève de CP : « Le soleil dardait ses rayons sur les jantes de ma caravane qui semblaient faites d'argent pur. » « Ça sent bon le goudron quand le pneu passe dessus et que ça éclabousse les payou. » « Hahahaha » que je faisais à chacune de mes citations, et là, alors qu'on était meurtris dans nos bourgeons d'orgueil, miracle, un bruit sec s'est fait entendre et une silhouette s'est arrêtée devant notre table : celle de l'écrivain-voyageur.

Il regardait Miguel, a rejeté ses mèches en arrière et fait craquer ses doigts. « C'est toi qui étais à la signature, tout à l'heure ? » qu'il a demandé. Puis, devant notre air mi-gêné mi-hébété, il est rentré dans le bar et en est ressorti avec une chaise qu'il a installée à notre table sans demander la permission. « Pffiou, j'en pouvais plus, j'ai cru que ça allait jamais s'arrêter. J'ai envie de me la coller. » Il nous a tendu la main : « Albert donc, et vous ? » On s'est présentés et le patron a apporté une bouteille de madiran. « Vous connaissez bien Lourdes ? Moi, c'est la première fois que j'y mets les pieds. C'est joli, étonnant toutes ces processions et ces touristes mais ça a l'air d'être une belle ville. » Il était poli au cas où on y soit à l'année à Lourdes, mais on l'a décrispé en expliquant qu'on y venait tous les ans mais uniquement pour notre pèlerinage qui débutait vers le dix-huit août et qu'on arrivait plus tôt pour effectuer des menus travaux dans la région. « Vous êtes de sacrés travailleurs vous autres », qu'il a ponctué sans avoir peur du poncif, avant de s'enquiller deux verres cul sec dans le gosier, « et des malins ». « D'ailleurs tes questions », qu'il a dit à Miguel, « c'était très, voire trop malin. Il faut donner au public ce qu'il veut, pas ce qui est. » Pour désamorcer, j'ai dit : « Ça a l'air sympa ton job. Raconte, comment on fait pour devenir écrivain-voyageur ? » Il a désigné la bouteille et a dit : « Pour ça, faut boire », et il nous a versé quelques gouttes supplémentaires dans nos verres encore à moitié pleins tandis que lui se servait à ras bord. « Ça vous semble la vie rêvée, hein ? Payé pour voyager, le succès, tout ça. Mais oui, les gars, au début c'est la vie rêvée et de la chance, beaucoup de chance, faut ressembler à son texte, c'est ça la clef et commencer jeune pour qu'on puisse vous exploiter pendant au moins trois à quatre livres si la sauce a bien pris. » Après une nouvelle lampée envoyée comme une catapulte au fond de sa gorge, il a repris : « Le problème, c'est qu'au départ, ce qu'on dit, ce qu'on écrit, on y croit. Puis après, on le récite. Et ça, quand y a plus de naturel, c'est le début des emmerdes parce que la formule, quand on voyage, c'est toujours soi-même qu'on transporte, alors bah elle vous rattrape. » Nous, on a acquiescé. « Pour en revenir à comment on devient un écrivain-voyageur, tout le monde peut. Regardez, moi, j'étais nul en classe et à la fac. Le français ? Je vous en parle même pas. Mes frères et sœurs, par contre… », il a secoué la main, « ouh la la des brutes, des bêtes à concours. Ils ont tous fait des hautes études et eu des jobs sérieux, chirurgien, diplomate. Restait que moi, je savais rien faire. » Il a fait un signe au patron dedans pour qu'il nous remette la même chose. « De là où je venais, je pouvais pas briller ou avec énormément d'efforts, et j'en avais pas les épaules, donc j'ai pris la poudre d'escampette et c'est devenu mon métier. Si c'est pas beau ! On a commencé à me payer pour ma fuite en avant et mon incapacité à prendre de "vraies décisions". Y a eu le hasard bien sûr, le hasard c'était un ami qui connaissait pas mal de monde dans l'édition, j'ai eu du pot, y en a un sur mille, bah moi ce que j'écrivais, c'était "authentique", "franc", "léger", "drôle", les lecteurs j'étais comme eux, mais avec un quotidien différent, je leur parlais dans des termes qu'ils connaissaient et ça a plu. Les gens, ils ont besoin de cette littérature-là pour pas devenir fous, pour se changer les idées. » Il a taquiné Miguel : « Ça fait de moi un sale type de rendre les gens heureux en lisant, dis, Miguel ? » Miguel a terminé son verre en réfléchissant et il a dû admettre que non, ça faisait de lui ni un profiteur ni un mauvais bougre. « Le problème dans le monde du livre, c'est l'étiquette sous laquelle on te range. Y en a, à force d'être catalogués et de vendre une image qui fonctionne auprès du public, ils se sont enfermés dans un rôle qui les a bouffés. Bon moi, j'ai toujours été alcoolique donc c'est pas leur faute là où j'en suis. Mais, chuuuuut », qu'il a fait en mettant son doigt devant ses lèvres, « le fait que je sois un sac à vin. Si si si, me regardez pas comme ça les gars, je suis un sac à vin, c'est simple je picole toute la journée. Bah ça plairait pas, ça ferait mauvais genre avec l'image du type baroudeur sportif et ayant une vie saine. Ça serait pas vendeur, les lecteurs ils penseraient qu'on les manipule. Or, ils veulent du vrai, du transparent, les lecteurs. Ce qu'ils achètent, c'est le livre de quelqu'un qu'ils aiment, les gens. Pourquoi vous pensez que je porte ces lunettes fumées ridicules ? » Il les a enlevées, il avait les yeux rouges et un reste de coquard datant d'y a pas très longtemps et qui tirait sur le jaune. « Biture et amour du prochain, ça c'était à Agen pour la promo du même livre. Un type dont j'ai dragué la femme, qui n'était même pas troussable, s'est mis en tête de me faire voir ce qu'il pensait de ma prose. » Il a levé les mains au ciel. « Tu peux pas te permettre de les décevoir, les gens, parce qu'ils t'aiment et que c'est eux qui te permettent de vivre comme un pacha. Ces gens, tu veux pas leur vendre de la merde et les mépriser, parce que ces gens qui t'écoutent dans les médias, qui t'achètent, bah eux ils ont pas ta vie, pas ton compte en banque, ils claquent vingt-cinq balles pour tes livres, putain, pour tes livres qui sont mauvais parce qu'on te presse pour les écrire, qui sont mauvais parce que t'es devenu une marque et qu'ils se vendront de toute manière, qui sont mauvais parce qu'à force de te répéter que t'es un génie, tu y a cru et que tu te reposes sur tes lauriers. Mais, surtout, ils sont mauvais parce que tu n'as plus rien à dire vu que tu n'as pas d'imagination. T'es pas un romancier quand tu es écrivain-voyageur, tu ponds des récits sur tes balades. Or, tes derniers voyages, ils remontent à quand t'étais encore pas très connu et ça tu l'as déjà raconté et tes vrais derniers voyages ? Bah maintenant c'est plus que dans les hôtels et les librairies que tu les passes. »

Il avait fini son verre et a mis un petit temps avant de recommencer à parler. Il était rond et visiblement très content que l'alcool soit monté. « Ah, je vous aime bien les gars, ça fait plaisir de pouvoir parler avec des copains qui vous jugent pas. » Il nous mettait de petites tapes sur l'épaule en jouant avec ses bagues. Son portable arrêtait pas de sonner et lui, il parlait plus trop, conscient qu'il avait l'alcool triste et voulant pas passer pour un geignard. Y avait un silence lourd et habité de regrets autour de notre table que les autres clients évitaient visiblement. Notre table, c'était la stèle funéraire de la belle littérature et nous autres on en était les fossoyeurs, moi et Miguel et nos feuilles à carreaux pleines d'une emphase lyrique et creuse, et l'écrivain-voyageur avec ses ouvrages qui le prenaient en otage par leur succès. En partant, il a réglé toute l'addition et il tanguait sur ses deux jambes comme sur le pont d'un bateau, ce qui justifiait enfin le port de sa montre de marin chevronné. Et il a disparu. Sa carte, « au cas où », était posée sur notre table, rédigée dans une encre bleutée. On s'est regardés avec Miguel et on a trinqué à ce drôle de loustic, comme quoi rien était jamais noir ou blanc et surtout en littérature.

Alors qu'on zigzaguait, lentement mais sûrement, pour regagner le campement, on a entendu comme un pivert qui faisait toc toc pas loin. Tournant la tête dans tous les sens et à deux doigts de rendre le contenu de nos estomacs, on a vu Pepino, devant la chapelle Notre-Dame, avec des clous et un marteau et qui placardait une sorte de longue liste sur sa porte. Après s'être demandé si on était victimes d'une illusion de pochards, on s'est approchés de lui, ébahis, pour tenter de comprendre ce qu'il fichait. « Y y y en a que les choses doivent changer », qu'il a dit entre deux hoquets puant la gnôle. Et nous, puant le vin, comme dans un ping-pong de liqueurs, on lui a demandé qu'est-ce que c'était qui devait changer et pourquoi il s'en prenait à cette pauvre porte d'église. « Y y y a que j'ai essayé de vendre des indulgences aux touristes, comme au bon vieux temps et des hommes d'Église m'ont tiré mes tickets. Voilà ce que c'est qui doit changer ! C'est eux ces profiteurs qui veulent être les seuls à récolter l'argent des fidèles, ce que c'est qui doit changer. Je demande réclamation. Hips. Le changement, c'est maintenant ! Et ce que je demande je veux que ça soit visible aux yeux de tous, sur cette porte de la chapelle. Tout le monde saura grâce à moi ce que ces bourreaux ils font comme rétention du salut, hein ! » Face à tant d'absurdité, avec Miguel on savait plus trop quoi faire. La fibre passéiste et nostalgique de ce pauvre Pepino, comme abandonné par l'époque, c'était vraiment très triste pour nous qui étions complètement saouls. On l'a pris dans nos bras, Pepino, et pour calmer sa peine, on lui a promis une flasque de gin, quand Livio est sorti de la chapelle… En nous voyant, il a eu l'air aussi décontenancé qu'on l'était, mais il s'est vite repris. « Ah le vieux est encore ivre ! Et vous aussi ! Ramenez-le avant qu'il nous cause encore des ennuis, avec ses idées stupides… »

« Qu'est-ce que tu y fichais toi là-dedans ? T'as décidé de devenir enfant de chœur ? Ce s'rait bien la meilleure de l'année », l'a taquiné Miguel en contrepartie. « Je cherchais quelqu'un qui n'y était pas. Comme je le prévoyais. Et depuis quand vous vous souciez de mon épanouissement spirituel ? Faites comme d'habitude » et il s'est éloigné au pas de course, nous laissant le soin d'analyser le mystère stupide dont il avait essayé de nimber sa réponse, ce qui était peine perdue, vu ce qui nous restait de synapses.

En arrivant au campement – Pepino, Miguel et ma pomme – tous les trois ronds comme des ballons, on essayait toutefois de garder de la superbe en écarquillant les yeux comme si on était pas ivres, vu qu'il était bien trop tôt pour l'assumer. Malheureusement, des branchages au sol faisaient exprès de nous faire trébucher et l'herbe fichait ses trous de taupes sur notre chemin. Miguel, pensant calmer le courroux de sa femme, lui a tendu le stylo du café qu'il avait oublié de rendre en disant : « J'ai étété aaaaacheter un cadeau pour le peuh-tit. » Là, sa femme a claqué la porte de la caravane si fort qu'il a failli y laisser le bout de son nez. Quelques heures plus tard, après un somme dans l'herbe qui nous avait fait suer l'alcool, on a rejoint ceux qui étaient déjà en train de préparer le repas. La Grande Dora nous a appelés les « frères Goncourt » toute la soirée et elle a pas pu s'empêcher de dire à Miguel que d'avoir parié sur José la Tique au match de boxe, c'était vraiment un pronostic lamentable vu que le lendemain il se ferait mettre K.O. dès le premier round. Miguel, livide, a regardé sa femme et bien vu qu'elle avait tout entendu de ce que la Grande Dora avait dit. Il savait que ça allait barder, Miguel, puisqu'il avait juré pas plus tôt que la semaine d'avant qu'il parierait plus jamais tant qu'il serait en vie. C'est à ce moment critique que Pepino a dit que, en plus de pas être un type de parole, c'était aussi un bonimenteur, Miguel, qui arnaquait les petits vieux en leur promettant des choses qu'il tenait pas par la suite. Il faisait référence à la flasque de gin, Pepino, celle qu'on lui avait fait miroiter pour l'éloigner de la chapelle.

Finalement, c'est tous les types du campement qui ont fini par se coucher la queue basse. Un reproche donnant la main à l'autre, on en avait tous pris pour notre grade quant à notre consommation d'alcool et à nos dépenses. Tous les types sauf un : accompagnant les femmes dans leurs remontrances et criant encore plus fort que ces démons à mamelles, y avait ce Judas de nouveau comptable du clan.

La troisième semaine d'août se profilait et il avait toujours pas plu. On se graillait la pilule sous un cagnard de tous les diables, et pour fuir cette satanée touffeur j'avais pris l'habitude de rejoindre la Grande Dora près du ruisseau où elle s'asseyait pour fumer sa pipe les pieds au frais. Plus loin, là où les rives s'espaçaient l'une de l'autre, les enfants faisaient des batailles d'eau, des plongeons acrobatiques et des concours de crawl, et la Limande essayait d'apprendre à nager à la jolie Sara. C'était pas gagné. Elle mettait un farouche dynamisme à envoyer ses bras et ses jambes dans tous les sens, la petite Sara, mais buvait invariablement la tasse à sa quatrième tentative de brasse, ça même si Annabelle la portait à moitié pour pas qu'elle coule et elle pleurait de frayeur à l'idée qu'elle aurait pu se noyer et finir au milieu des tritons et des têtards, elle qui « aime tellement la vie ». Après une petite heure, elles sortaient de l'eau, la chair de poule et le corps plein de vase, dégageant une odeur qui était un mélange de poisson et de peau chauffée par le soleil. Elles s'ébrouaient comme des jeunes chiens sous le regard des crapauds accoucheurs qui gardaient jalousement leurs œufs sur le dos, ondines à méduses en plastique parmi les rhododendrons roses, sous le vol tranquille des gypaètes barbus qui les dédaignaient parce que bien qu'appétissantes elles étaient trop maigres. Pendant qu'elles se faisaient sécher, les fesses inconfortablement mises à mal par les brindilles et les galets, moi je lisais les actualités du jour à la Grande Dora. Le journal local, c'était *La Gazette du Pic* et on rigolait bien quand j'achetais *Détective*, où il était toujours question de disparitions et de meurtres farfelus. Cet après-midi-là, même si la Grande Dora était paisible, elle avait un air songeur que j'ai remarqué tandis que je lui narrais un article où il était question de la disparition d'une habitante d'Aspin, habitante que son mari aurait transformée, après l'avoir tuée, en kebab. On apprenait aussi qu'une cueillette de champignons avait salement tourné pour un groupe de Parisiens se piquant de joies bucoliques. Tous hospitalisés pour avoir pris des entolomes livides pour des cèpes. Il était également question d'arnaques mises en place par des éleveurs. La réintroduction des ours dans les Pyrénées, ça leur servait d'excuses et ils demandaient tous des primes, comme quoi leurs troupeaux auraient été intégralement becquetés. Un expert avait été dépêché pour lever le voile sur ces supposées arnaques et dans la plupart des cas les éleveurs avaient en fait mangé leurs propres animaux et essayé de se les faire rembourser après. Faut dire que certains d'entre eux avaient pas été très malins parce qu'ils avaient laissé des traces de leurs méchouis et leurs voisins ayant pas été invités à faire bombance, ils s'étaient pas gênés pour les dénoncer. Y avait aussi des tribunes où des habitants de la région se plaignaient des patous, ces chiens qui n'avaient de sympathique que leur nom et qui gardaient le bétail à l'abri des loups, mais aussi de tout ce qui passait dans le coin. Un professeur de sciences et vie de la Terre avait été pris en chasse et grièvement blessé par l'un de ces chiens gigantesques. Ce qui était cocasse, c'est que c'était pas le patou qui était coupable des blessures en question, mais un essaim d'abeilles qui l'avait attaqué alors qu'il escaladait un arbre pour fuir les crocs du canidé. Le journaliste concluait l'anecdote par une fin ouverte et qui allait sans doute faire couler beaucoup d'encre chez les biologistes en herbe : « Entraide animale ou individualisme possessif ? » À cet instant, Pepino avait fait irruption dans mon champ de vision. Il remplissait d'eau des fioles en plastique en gueulant sur Gina qu'il devait toujours tout faire tout seul et qu'elle pouvait bien se brosser Martine pour toucher un seul centime de ce qu'il allait amasser en vendant cette eau aux pèlerins comme étant bénite. « Vous interrompez pas pour elle », qu'il avait dit en passant près de nous. « Poursuivez votre lecture des nouvelles des paios, c'est plus intéressant que les radotages de cette vieille folle. »

Plus loin, Don Diego faisait tremper une courge dans ce qu'il appelait le « petit bain », en lui répétant : « Ça te fait du bien, hein, tu avais chaud, papa Diego va t'apprendre à nager. Mais oui, c'est bien, tu flottes comme une vraie sirène, ma petite, c'est bien c'est bien, bravo à toi ! » Il gazouillait comme un gâteux tandis que la Grande Dora observait cette faune hétéroclite des nôtres. Les jumeaux Pedro et Roberto ont déboulé en slip moulant, faisant, mine de rien, jouer leurs muscles au soleil puisque Matilda la Belle était assise pas loin dans l'herbe dans un maillot de bain rouge aguicheur. Y avait aussi le père Genepi et Thérésa la Harpie qui s'ignoraient, tous les deux les pieds dans l'eau mais sur les rives opposées. J'ai commencé à faire une partie de ricochets avec la Grande Dora, en lui demandant d'avoir l'obligeance de pas me dire qui allait remporter les manches et de ne pas faire de sous-entendus parce que sinon la partie perdrait tout son charme. Elle jouait en rêvassant, je le voyais bien, et ça m'agaçait comme il faut, parce que ses cailloux coulaient jamais. Ils traversaient de leurs petits rebonds rythmés le dos du fleuve et quand ils en avaient marre, c'est qu'ils étaient arrivés de l'autre côté de la berge où ils se reposaient au soleil en petites piles comme des totems. Quelle sorcière, c'est vraiment pas du jeu, que je me disais tandis que mes ricochets faisaient un à deux rebonds au mieux, c'est encore pire que de jouer à la bataille corse avec elle qui connaît déjà toutes les cartes. Elle regardait notre famille avec un sourire de plus en plus nostalgique, la Grande Dora. « C'est les nôtres, toutes ces têtes de linottes », qu'elle m'a dit. « Regarde-les bien. » J'ai jeté un regard à Don Diego qui mimait à sa courge le geste de se boucher le nez et de s'enfoncer sous l'eau. Il arborait un ridicule maillot de bain à pois remonté au-dessus de la brioche de son ventre et du coup on voyait plus que ses deux pectoraux mous et ses frêles épaules en dépasser. Je lui ai mentalement décerné la palme de l'Apollon du bassin. J'ai jeté un regard à Pepino qui avait déjà constitué tout un tas de fioles verdâtres et qui collait des étiquettes avec des croix tracées au marqueur dessus. Il s'arrêtait régulièrement pour sortir des mignonnettes de rhum coincées derrière l'une de ses bretelles qu'il buvait en gueulant sur Gina : « Garce, mêle-toi de tes affaires et retourne à ton tricot. Avec tout le travail que j'me paie, j'ai bien droit à un petit remontant. » J'ai regardé les jumeaux qui alternaient les tâches multiples à prodiguer au corps de déesse de Matilda. Pendant que l'un massait ses pieds, l'autre lui passait de la crème sur les épaules. Aux anges, ils chérissaient d'œillades discrètes son opulent don du ciel. J'ai regardé la jolie Sara qui faisait la lecture à Annabelle dont le chignon était effondré sur le côté comme un bilboquet désaxé. J'ai regardé la Grande

Dora et le bec de sa pipe de bois entaillé, ses grosses mains à la peau épaisse et les rigoles que le temps avait laissées sur son front et ses joues. Ses yeux verts étaient encore plus perçants que d'habitude. « Pourquoi il vient jamais se baigner, Amos ? » que j'ai demandé. « Pour des raisons esthétiques » qu'elle a répondu, et elle a commencé à raconter.

« Tu sais qu'Amos est celui qui gère avec les gadjé, eh bien ce n'est pas pour rien, il a eu affaire à eux pendant un sacré bout de temps et il fait partie de ceux qui ont décidé d'en revenir, finalement, à notre vie de nomades. Amos a eu une enfance compliquée. Son père était un gitan qui avait la main leste, colérique et buveur. C'était pas un mauvais type, mais dès qu'il s'arsouillait il pouvait pas s'en empêcher, sa colère prenait le dessus et dévorait tout ce qu'il avait essayé de créer. Il avait toujours bu, le père d'Amos, mais ça s'est accentué avec de soi-disant camarades. Ceux-ci semblaient ravis de le voir dégringoler, incapable de rentrer chez lui droit comme un homme. Ils venaient le chercher, lui offraient des tournées et quand le père d'Amos était triste de s'être engueulé avec sa femme vu qu'il était encore à quatre pattes la veille, ils remettaient ça pour “Soigner le mal par le mal”. “C'est tout de même pas ta femme qui va décider pour toi de ce qui est bien, nan ? La camaraderie y'a que ça de vrai. L'amitié virile autour d'un bon verre. C'est toi l'homme et si elle t'emmerde, montre-lui ce que tu as sous le capot !". Voilà ce que lui répétaient en chœur ses soi-disant amis, tandis qu'eux étaient toujours en état de parler quand ils rentraient. Le meneur de la bande, c'était un grand maigre qui avait de la ressource, c'est lui qui rinçait le père d'Amos avec de nouvelles tournées à s'en dégobiller dessus.

De plus en plus régulièrement, quand le père rentrait, fallait qu'il s'en prenne à quelqu'un. Que sa femme soit énervée ou triste, ça allait jamais vu qu'il se plaisait pas à lui-même, il avait l'impression d'être jugé. Un jour, le père est rentré tard dans la nuit en compagnie de ce fameux groupe de noceurs. Réveillé, Amos a été voir ce qui se passait. Encouragé par le groupe, le père allait s'en prendre à sa femme quand Amos s'est interposé. Le père a déchargé toute sa colère sur lui, le laissant presque mort vu qu'il l'avait précipité sur un buffet et qu'il avait perdu beaucoup de sang. Quand il est sorti de l'hôpital, Amos avait une énorme cicatrice, comme un serpent de chair, elle couvrait intégralement l'un de ses flancs. Il a proposé à sa mère de partir avec lui et qu'il se chargerait de la faire vivre. Mais c'était le genre de femme dépourvue de caractère et qui, dans le fond, aime son statut de martyre. Certainement qu'elle se disait que, malgré tout, les bons moments avec le père faisaient balance. Amos a donc décidé de partir se créer une nouvelle vie ailleurs. Il a voyagé et s'est mis en tête pour pas reproduire le même schéma que son père de se trouver une femme qui laverait les péchés contenus dans son sang. Il lui fallait une femme d'une grande pureté pour racheter son ascendance et il est allé la chercher dans les Alpes, comme si la civilisation d'en haut était moins corrompue que celle d'en bas. Il avait beaucoup travaillé et il était riche, Amos, vu qu'il était économe. Il a cherché et encore cherché et il a grimpé jusqu'à un endroit qu'on disait complètement isolé. C'est là, tandis qu'il marchait sur un sentier qu'il l'a trouvée, sa femme pure. Assise sur un muret, pas loin d'un calvaire, elle semblait l'attendre. Elle était à peine majeure, le visage encore confit d'enfance et encadré par de longs cheveux raides et noirs, dans une robe blanche. Il s'est présenté, a pris une chambre dans un hôtel plus bas pour une durée indéterminée et chaque jour, il montait lui apporter des fleurs et lui faire sa cour. La famille était ravie de cette occasion qu'était Amos et qui était riche. C'était une aubaine pour eux, ce prétendant venu de nulle part et le fait que ça soit un gitan, ils s'en fichaient bien, étant donné que la seule chose importante c'était le pécule qu'il promettait. Après plus de six mois, Amos a obtenu la main de sa Vierge des montagnes. Ils ont eu des enfants et Amos travaillait comme plusieurs hommes pour subvenir aux besoins de toute la famille. La route lui manquait de plus en plus, mais Amos aimait sa femme et ses enfants. Malheureusement, avec le temps, elle, elle s'est habituée à l'argent et ça l'a changée. Elle a commencé à faire des manières, à être hautaine avec les plus modestes et même Amos, ça devenait un « péquenaud de gitan » qui avait eu bien de la chance de la rencontrer. Elle a oublié d'où elle venait, tout comme sa famille qui avait déménagé dans une grande maison désormais, sa famille qui avait toujours de nouvelles voitures et qui semblait trouver ça normal, comme si ça avait toujours été le cas. Amos n'a jamais eu droit à un merci. Il se reconnaissait plus dans ses enfants qui étaient de la mauvaise graine et comme élevés dans des draps en soie. Les fils d'Amos étaient devenus orgueilleux et bêcheurs, comme leur mère, alors un jour que la famille était réunie au complet dans un restaurant huppé, Amos les a bien observés. Il a dit qu'il allait s'acheter des cigarettes tandis que personne l'écoutait. Il les a observés de derrière la vitre de la fenêtre, attablés. Il était en trop et malheureux, alors il est jamais revenu de sa balade pour aller chercher des sèches. Il a laissé sa vie derrière lui, sans regrets et il nous a cherchés, et rejoints. Son flanc, il dit que c'est ce qui l'a toujours sauvé dans la vie, il dit que y a des vieux qui avec les rhumatismes sentent venir le mauvais temps et que lui, sa blessure, elle lui indique les villages où il va se faire de l'argent », a conclu en riant la Grande Dora.

« Et vous ? » que j'ai demandé. « C'est quoi votre histoire, madame Dora ? » Elle a caressé le bec de sa pipe, entre la marque de dents qui était la sienne et le reste qui était lisse. « Le chaînon manquant tu veux dire, mon petit ? Tu veux savoir à qui ma pipe va aller si j'y passe ? » « Entre autres », que j'ai rigolé, « vos ancêtres, c'est pas parce que vous êtes plus là qu'elles vont avoir envie d'arrêter de se chicaner. C'est triste, une grande lignée de femmes qui s'arrête comme ça. » « Mais qui te dit qu'elle s'arrête avec moi, cette lignée de grandes femmes comme tu dis », qu'elle a rigolé la Grande Dora avec un petit sourire mystérieux, avant de se lever. « Ma pipe à la décharge, ou dans les mains d'un homme ? Manquerait plus que ça ! », et elle est partie d'un rire franc qu'elle m'a communiqué. La lune se dessinait déjà dans l'horizon du ciel. Elle était presque pleine.

Le lendemain de cette discussion d'avec la Grande Dora sur Amos, j'ai décidé de prendre le large pour m'attaquer à un col que j'avais jamais grimpé et qui s'appelait le Béout. Il paraissait rudement haut depuis le champ qu'on occupait, mais Miguel m'a assuré que c'était qu'une question de quelques heures et que de simples baskets feraient l'affaire. J'ai été chercher la Limande pour lui demander si elle voulait m'accompagner et elle m'a regardé en fronçant le nez et répondu que, oui, mais que j'allais en baver, pas à cause de la chaleur, mais parce qu'elle était insupportable dès qu'il s'agissait de faire un effort physique. Je pensais déjà à notre séparation, moi, et j'essayais d'emmagasiner le plus de souvenirs avec elle, alors j'ai dit que j'adorais les mégères et les casse-pieds et elle a rétorqué que, dès lors, tout allait pour le mieux dans le meilleur des mondes et que j'allais être servi. Elle est allée changer de chaussures et a pris un sac dans lequel elle avait mis une serviette pour pouvoir poser nos derrières quand on serait arrivés en haut, une bouteille d'eau, du tabac à rouler et son indispensable bouteille de pastis. « Ça risque de te peser sur l'épaule tout ce barda, non ? » que je lui ai dit. « Ça s'appelle une ration de survie », qu'elle a répondu. Bien entendu, au bout d'une demi-heure qu'on montait, elle ruisselait et parlait plus, le souffle court et incapable de riposter à mes blagues où je lui disais que les tomates, même mûres, pouvaient pas rivaliser avec ses couleurs. Elle a fini par me faire pitié et je lui ai pris son sac, tandis qu'elle s'arrêtait en prétextant que c'était pour mieux profiter du panorama. Pour lui faire passer le temps, j'ai entamé la liste des dernières trouvailles de Pepino, prenant ses quintes de toux pour des esclaffements. « Pepino est devenu la coqueluche des Japonais en voyage à Lourdes. Il a réussi à alpaguer un groupe d'hommes d'affaires tokyoïtes pour leur vendre sa fausse eau bénite et comme il a fait semblant de leur faire une ristourne, ils l'ont invité à se joindre à eux au restaurant. Quand il est revenu au campement, tard dans la soirée, il était ravi ! Il avait pas dépensé un kopeck et sa bedaine passait au-dessus de son pantalon tandis qu'il tapait dessus et faisait claquer ses bretelles en parlant de l'hospitalité nippone. Il avait fait bombance à s'en faire péter la panse, Pepino, et il criait à tous le chiffre mirifique qu'il avait vu sur la note en fin de repas. Puis, il a nuancé la bonté d'âme de ses bienfaiteurs pour mieux se mettre en avant. Il nous a expliqué que la générosité de ses hôtes était liée à l'un de ses tours, celui qu'il appelait "la bonne conscience". Il a pris un air mystérieux et a demandé à Gina d'arrêter de l'interrompre et que si elle continuait, il partirait finir sa vie en Asie entouré de jolies geishas qui lui masseraient les pieds tandis que, tel Bouddha, à l'ombre d'un arbre et paré d'un kimono argent, il s'abreuverait de saké jusqu'à la fin des temps. Eh bah, Annabelle, sa technique était pas stupide ! Pour se faire inviter, il s'était lancé dans un laïus sur la pingrerie, Pepino. Il nous a dit que lorsqu'on parle à quelqu'un de la radinerie, celui-ci fait tout pour en être disculpé. Voilà ce qu'il nous racontait en suçotant des morceaux de pain aux noix qu'il avait chapardés au restaurant. Comme le groupe d'hommes d'affaires lui a poliment dit que s'il décidait de venir au Japon il serait leur hôte, Pepino est en train d'ourdir des combines spécialement destinées au pays du Soleil-Levant. Il s'exprime plus qu'avec des interjections comme des « ni haooooh » et des « tsing taoooo » et des « aligatooors ». Les pauvres, c'est sûr qu'un jour ils vont le voir débarquer et ce sera la famine vu ce qu'il engloutit. La France va être envahie par les Japonais qui feront tout pour quitter leur propre pays. Ça va être la guerre, Annabelle, des casse-têtes diplomatiques pour savoir qui doit le récupérer, Pepino. Y aura des foyers où lors des veillées de pauvres petits enfants asiatiques vont s'entendre dire que, s'ils sont pas gentils, le méchant Pepino va venir leur tirer les pieds et récupérer leurs friandises. Y aura des moines zen stressés ! Avertis de son arrivée et incapables de léviter après l'avoir découvert fouillant la terre de leurs jardins à la recherche de nouveaux légumes.

Annabelle continuait de cracher ses poumons et on a fait une halte sur une sorte de plateau où il y avait un champ de tournesols brûlés par le soleil. Après un court instant et s'être remise, la Limande a sorti le pastis de son sac et nous a rempli deux verres avec la bouteille d'eau qu'elle avait pensé à prendre, et on a trinqué. On a trinqué à Pepino la Pince-Royale, puis à Don Diego le Fêlé, à la jolie Sara, à Amos et à la Grande Dora. Puis, pour l'énerver, j'ai dit que je trinquais à Matilda la Belle et d'un regard noir elle a porté un toast à Pedro et Roberto, bien contente de s'en enquiller deux d'affilée grâce à ce stratagème. « Il va jamais pleuvoir cette année ? » qu'elle a demandé en regardant le ciel, avant de se mettre à rêvasser en fumant tout contre moi. On était bien, y avait un arbre qui nous faisait un peu d'ombre contrairement aux nuages indolents qui s'étaient fait la malle. À un moment, elle a retiré sa robe. « Qu'est-ce que tu fais ? » que je lui ai demandé alors qu'elle s'avançait vers le champ de tournesols brûlés. « Je joue à être Ève », qu'elle m'a répondu et, ni une ni deux, tandis qu'elle continuait de retirer le peu de vêtements qui lui restaient sur le dos, je me suis jeté à sa poursuite dans le labyrinthe de fleurs séchées qui nous dérobait aux regards lubriques du soleil. Je m'en souviendrai toute ma vie de cette scène orange d'une jeune femme aux cheveux relevés qui court dans un champ de tournesols avec ses chaussures aux pieds. De deux fesses rondes rigolant en zigzaguant dans les plants, tandis que moi, en sueur, j'essayais sans succès de les attraper. Je pense que cette image, c'est la plus belle de celles que ma jeunesse a imprimées sur la voûte de ma mémoire. Je me la remémore souvent cette scène, avec l'odeur de l'anis sortant de nos bouches et celle de foin des fleurs séchées. J'y repense souvent en me disant « c'est à toi que c'est arrivé », quand le moral va pas trop et que j'ai peur de devenir cynique avec la répétition des choses. Elle était là, des bouts de tiges dans les cheveux, le chignon un peu effondré sur le côté, sa peau nacrée jurant avec le jaune et le bleu ambiants. Une petite coupure était apparue sur l'une de ses épaules et quelques gouttes de sang perlaient, comme du jus de mûres. Je les ai léchées, c'était salé. Ça avait le goût de l'éternité. Ce moment, il était si fort et si plein que je me suis toujours dit après que s'il y avait un paradis et qu'on me demandait à quel moment de ma vie je voulais être renvoyé, bah ce serait celui-ci que je choisirais. Maintenant que je suis plus vieux, quand je marche dans la montagne et que je vois un champ de tournesols, ça me rassure de savoir que je suis toujours sur l'un des pans du Béout, avec elle à tourner en rond, à nous tenir par la main et à rire comme des fous. Ce qui est trop intense, ça crée une fissure dans la coque du temps et ça s'y fige, et le paradis c'est certainement ce moment-là où on a été parfaitement en accord avec soi-même et le monde.

On a entendu un souffle rauque et des crissements pierreux et cru qu'il y avait un patou pas loin. Mais c'était pas ça et on s'est mis à pouffer parce que nous on était là, tout nus comme des andouilles à se cacher les parties, tandis qu'un couple d'Allemands redescendait la montagne avec des bâtons de marche et des gros sacs à dos, soufflant comme des pompes à vélo. Je lui ai mis la main sur la bouche parce que j'aurais pas fait le fier s'ils s'étaient arrêtés, alertés par nos rires. Quand on les a plus entendus, on est allés se rhabiller dare-dare et on a repris la route, sous le vol large et calme des rapaces. Finalement, deux heures plus tard, on a fini par en voir le bout de ce satané col et on a débarqué près d'un téléphérique désert où la Limande a étendu sa serviette et s'est servi un nouveau pastis que j'ai refusé parce que la chaleur me tournait la tête et que le jaune, j'en avais ma claque. « Tu sais pas vivre », qu'elle m'a dit en se lançant dans la confection de ses roulées du retour, pendant que j'allais me promener et visiter la construction délabrée.

Le téléphérique, qui devait être celui que l'aspirant maire voulait remettre en fonction, tombait à pic sur un gouffre d'où on pouvait observer en contrebas, de longues routes sinueuses et emmêlées comme une pelote de laine anthracite. Du squelette de ce qui avait dû à l'époque être un téléphérique moderne et flambant neuf, il restait quelques pièces taguées à la bombe, envahies par les herbes et des canettes de bière vides et décolorées. C'était évident que des groupes de jeunes s'y réunissaient régulièrement dans le temps. Il faisait frais à l'ombre de ces pans de murs déplumés et une sueur glaciale me coulait dans le dos, tellement que je me suis demandé si je faisais pas une insolation, ce qui, foi de gitan, aurait bien été une première. J'aimais pas cet endroit et j'en suis ressorti pour me faire sécher au grand vent qui soufflait avec l'altitude, assis au bord du vide, quand soudain j'ai entendu un bruit sec derrière moi et en me retournant j'ai senti mon cœur battre comme un tambour martial contre les parois de ma poitrine. C'était un bouc qui me fixait, sa tête couronnée de deux grandes cornes épaisses s'enroulant sur elles-mêmes. Il était campé sur ses pattes, fin, élancé, le corps couvert d'un poil dru et long. Avec sa barbe, à première vue il faisait penser à la représentation d'un satyre, mais en y regardant plus attentivement, c'était pas ça : ce bouc, c'était comme un homme de cour au regard fixe et dénué de cils, souriant de toute la longueur de son museau étiré. Il s'est redressé, minaudant, et ses pattes arrière, maigres et blanches et se terminant par deux petits sabots noirs, s'étaient muées en bas de soie et en souliers vernis à talonnettes, ses pattes de devant quant à elles étaient métamorphosées en deux avant-bras graciles terminés par des gants de satin. La tache noire de son dos devenue une queue-de-pie et sa gorge crème un plastron, il se tenait avec une jambe un peu repliée qui accentuait son aspect emprunté et faisait qu'on s'attendait à ce qu'il se mette à danser le menuet. Oui, avec le jaune de sa barbe et le museau carmin, c'était ça : un homme de cour poudré, fardé. Plus je regardais ses cornes, plus j'y voyais une couronne sculptée et étoffée par les âges. Il a bêlé en continuant de me fixer et on était tous les deux comme seuls au monde, pris en étau entre les figures des sauvés – qui se dessinaient dans les nuages et qui s'y penchaient pour nous regarder à en dégringoler – et les figures des damnés qui grouillaient sous la terre meuble et la faisaient remuer sous nos pieds. Les cieux criaient, le sol tremblait et lui entre les deux dansait. Il effectuait d'élégantes pirouettes, des entrechats gracieux, des pas de bourré distingués, entouré par des ombres de plus en plus nettes. « *Che vuoi* petit gitan, pourquoi viens-tu me déranger ici chez moi ? Veux-tu que je te révèle ton avenir, viens-tu me demander des richesses, le pouvoir, l'inspiration ? Mon petit gitan qui cherche des signes ! » Et il dansait, il dansait, et se matérialisaient autour de lui les contours d'une grande salle de bal ancienne avec des serviteurs en livrée, des femmes en belle toilette et des lustres en cristal. « *Che vuoi, che vuoi* » et il désignait les ombres, nettes à présent, de demoiselles toutes plus jeunes et désirables que les plus beaux des fruits. Il me tournait autour, béguetant, enjôleur et mielleux, et je me voyais dans une belle maison, à côté de la Limande qui avait deux jolis jumeaux sur ses genoux et pas loin derrière une fenêtre ouverte sur le parc de ce qui était devenu une villa cossue, et la Grande Dora et tous les miens, vieillis et heureux. Je voyais défiler l'histoire de ma vie potentielle où j'étais riche, respecté et entouré. « Veux-tu de cette belle vie-là ? Ou plutôt de celle qui t'attend ? » et je me suis vu mendiant devant le porche d'une église, transi de froid et suppliant des badauds indifférents de m'accorder un quignon de pain pour survivre. « Choisis, choisis, mon mignon petit gitan, c'est une aubaine ce que je t'offre là », a-t-il chevroté. Alors, par instinct, j'ai saisi le couteau de monsieur Arturo qui chauffait le fond de ma poche et je l'ai brandi dans sa direction. Il a bondi, reculé et c'était désormais un tango comme il se dansait à l'époque, entre deux hommes armés, qui se déroulait dans les ruines de l'araignée qu'était le vieux téléphérique. Il ne dansait plus, mauvais joueur, hargneux et courroucé. « Tu as tort de ne pas me craindre », qu'il a glapi alors que des mouches sortaient de sa gueule puante et profonde comme un puits, et dans ses yeux s'est mise à défiler l'histoire des hommes et de ceux qui le servaient.

J'ai vu un arbre et le profil d'une femme aux longs cheveux faisant le geste de saisir un fruit sur ses branches, deux frères se battant à mort et un sang épais courir entre leurs cheveux et tracer de larges rigoles dans la poussière. J'ai vu un homme de haute stature, le regard vidé de tout désir, étendu sur un lit défait tandis qu'une foule de soupirantes nues se relayait à ses côtés. J'ai vu des sabres luire, une tête décapitée brandie devant une danseuse brune possédée, le corps roide d'un pendu bercé par le vent les poches pleines de deniers anciens. J'ai vu des silhouettes rendues inhumaines par les convulsions, des foules dansantes, des nouveau-nés jetés dans les flots, des transes de toutes sortes abritées à l'ombre de croix brandies. J'ai vu des cercueils d'enfants en bois de rosier, des squelettes à cheval et des navires emplis de maladies se déverser dans les ports. J'ai vu des épidémies frapper aux portes des tavernes et des bordels, accompagner des domestiques et finir dans de belles tasses en faïence gorgées de thés orientaux glissant dans le toboggan des gorges de la bonne société. J'ai vu des vieillards le souffle court à qui l'on ôtait les bagues des doigts sans attendre qu'ils aient rendu leur dernier souffle. J'ai vu des femmes en grande toilette verser du poison dans des mets, des bouquets, sur des tissus. J'ai vu des messes célébrées sur le corps renversé de femmes et où le prêtre et les sacristains marchaient sur des croix dessinées sous leurs pieds nus. J'ai vu des hommes sanglés dans des salles blanches, des mâchicoulis ouvrir leurs gueules béantes, des panses soumises à la torture se gonfler d'eau chaude, des tisonniers chauffés à blanc s'introduire par telle ou telle partie dans le corps humain. J'ai entendu le bruit des flèches, le son de la hache, celui des membres qui craquent, des os qui se rompent et de la corde qui s'abat. J'ai vu des femmes ceintes de liens et jetées de barques pour voir si elles remontaient à la surface, d'autres emmurées vivantes, j'ai vu des viols dans des plantations et entendu le bruit du fouet quand il tournoie avant de s'abattre sur une échine à terre. J'ai visité les geôles où le martèlement des bottes répond à celui des mâchoires entrechoquées par la peur. J'ai vu le fils de Golur et sa femme, maculés du sang des enfants sacrifiés. J'ai vu dans la pupille du bouc la danse macabre des condamnés, les traîtres, les lâches, les envieux, les arrogants, les oisifs – prêtres, instituteurs, mères, pères, ducs, paysans, savants, hommes de loi, tenanciers, marchands, condamnés à danser éternellement main dans la main autour de sa prunelle. Il a ouvert sa gueule et son bêlement semblait un rire raffiné venu de la nuit des temps. Puis, en un instant, il a disparu, me laissant au bord du vide. Seul son rire résonnait encore jusqu'au bas des flancs blanchis de la roche, parmi les arbustes cuits et les massifs de fleurs roses.

Quand elle m'a vu revenir, couteau à la main, la Limande m'a regardé comme si elle avait vu un mort. « Tu es pâle comme un revenant, qu'est-ce qui s'est passé ? » « C'est rien », que j'ai dit sans même essayer de la rassurer. « Viens on y va, la nuit va pas tarder à tomber et je dois parler à la Grande Dora. » J'étais tout sonné et amorphe comme si le trop-plein d'émotions qui m'avait assailli m'avait vidé d'une traite, sachant pas si j'avais dormi ou simplement si c'était une hallucination due au soleil et à la marche. Ce qui était certain par contre, c'est que j'avais un mauvais pressentiment et que je me dépêchais tandis qu'on redescendait la montagne. La Limande, qui comprenait pas mon revirement soudain de comportement, essayait de tenir mon rythme sans parler, butant sur des pierres avec ses semelles citadines pas adaptées. Quand on est arrivés devant chez elle, je lui ai à peine dit au revoir et quarante minutes plus tard j'étais arrivé au campement. Tout y était inchangé. Pepino était en train de raconter de nouvelles anecdotes sur son groupe de Japonais dans le but de convaincre les hommes de cuisiner la paëlla avec du riz gluant, ce qui était plus distingué et qui au final coûtait à peu près le même prix, tandis que tout le monde l'ignorait. J'ai été voir la Grande Dora qui discutait avec Amos. « Madame Dora, il est arrivé quelque chose », que j'ai dit en les interrompant, « quelque chose dans la montagne, dans le téléphérique. C'est un signe de mauvais augure, il va arriver quelque chose. » Elle m'a fait signe de m'arrêter. « Calme-toi, mais calme-toi », m'a-t-elle asséné en me signifiant de fermer mon clapet, « va plutôt aider à la préparation du repas, tu veux. » « Mais, madame Dora », que j'ai repris. « Tu ne m'as pas entendu, bougre d'âne ? Si tu penses que c'est chevaleresque la manière dont tu t'es comporté avec cette pauvre petite sur le chemin du retour. Pas un mot pour elle qui arrivait même pas à te suivre, tu en fais quoi de la réputation de nos hommes, hein ? Au lieu de chercher des signes, contente-toi d'aller t'excuser et de la convier à notre soirée. Elle est comptée dans le menu, je te rappelle. On parlera plus tard. Ça ne changera rien d'inquiéter les autres. » Et ils ont continué de discuter tous les deux tandis que je rejoignais les autres, bouche bée de ce que la Grande Dora savait toujours tout avant tout le monde et vexé qu'elle m'ait aussi peu pris au sérieux. Certes, je savais pas encore déchiffrer, mais si c'était comme ça qu'on m'encourageait, franchement…

La petite Sara pleurait dans un coin. Non seulement personne voulait l'accompagner nager puisque tout le monde pensait qu'à manger mais, en plus, le sort s'acharnait, qu'elle se répétait à voix haute. Pauvre mignonne ! Je lui ai demandé si elle voulait pas venir chercher Annabelle avec moi à Marsoudan et elle a fait un oui enthousiaste de la tête tandis qu'elle me racontait la raison de son gros chagrin. C'est qu'en plus elle avait vu un chat noir, Sara, pendant qu'elle cueillait des mûres « bien hautes pour que les chiens aient pas pu faire pipi dessus », l'après-midi même. Comme toutes nos filles, elle était très superstitieuse et il a fallu une bonne dose de plaisanteries pour réussir à lui étirer un sourire sur sa jolie bobine. « Sois sage et je te raconterai comment conjurer le sort quand tu passes sous une échelle ou que tu brises un miroir », que je lui ai promis sur la route. À la porte de la maison blanche, Annabelle est apparue, surprise mais l'air réjouie. La petite Sara lui a gambadé dans les jambes et a commencé à lui raconter qu'elle avait vu un chat noir, mais que maintenant ça allait parce que je lui avais dit qu'en fait c'était un signe de bonne fortune et elle a ajouté qu'on l'attendait au campement et, comme je le lui avais demandé, « que j'étais un gentil garçon qui s'était mal comporté et qui avait honte ». Annabelle, pas rancunière, a accepté et dit que « comme les gentils garçons courent pas les sentiers et surtout ceux de moins de quatre-vingts ans dans le village », elle avait pas d'autre choix que d'accepter. J'ai remarqué qu'elle s'était mine de rien changée, laissant au hasard le choix de me faire changer de comportement vu qu'elle se rappelait très bien de l'invitation à notre grand repas d'avant procession. Elle portait une robe orangée comme le champ de tournesols de l'après-midi même. Fidèle à ma promesse, en descendant j'ai expliqué à Sara, ma main dans la main de la Limande et dans la sienne, que quand on cassait un miroir y fallait juste jeter du gros sel dessus pour éviter les tuiles et que, pour l'échelle, y suffisait d'y mettre le feu en s'assurant, bien sûr, que personne soit perché dessus. C'était comme si c'était notre fille, la jolie Sara, tandis qu'on se baladait tous les trois sous le soleil qui était déjà à ras des prés et j'ai eu cette vieille phrase de ma mère qui m'est revenue en mémoire : « L'éternel féminin nous élève. » Manquait que la Grande Dora pour que les trois âges de la vie soient représentés et que les femmes que j'aime soient toutes là.

Durant la soirée, on a eu droit à un spectacle d'ombres chinoises. Derrière un grand drap blanc illuminé par des bougies et tandis qu'on dévorait un parmentier de canard, Pepino s'est lancé dans une déclinaison de personnages exotiques. Il s'était, avec ses rares cheveux, confectionné un chignon haut, dans lequel il avait planté deux baguettes et, la taille enserrée dans une étole, il faisait de grands gestes en mimant une histoire de prétendants – se tordant en deux ou se hissant sur la pointe des pieds en fonction de l'âge de son protagoniste. Vers la fin, il a mis la jolie Sara à contribution et elle incarnait la princesse Tsitsu Ta Ao qui, harcelée par trois horribles princes que Pepino jouait tour à tour, devait décider lequel elle épouserait à la fin de sa chorégraphie. Finalement, elle mourait d'avoir trop dansé et tout le monde s'est mis à sangloter, tellement qu'on se serait crus au beau milieu d'une veillée funèbre. Quand Sara est passée devant le voile en tenant la main de Pepino pour saluer, malgré les reniflements et les nez rougis, ç'a été un succès magistral. Alors, après un rappel elle a esquissé deux-trois pas de flamenco supplémentaires. Heureux et fier, Pepino l'a hissée sur ses épaules et l'a portée en triomphe au milieu des tables où on lui faisait des baisemains en criant des « Vive Sara, vive Pepino, vive Sara, vive Pepino ! » à qui mieux mieux, dans un boxon égayé par le chant des oiseaux qui devaient pas comprendre ce qui se passait et si c'était le matin ou le soir.

C'est la joie au ventre qu'on est tous partis se coucher dans l'attente du lendemain et de la procession. Au moment de m'assoupir, j'ai constaté que ma montre s'était arrêtée juste après minuit mais j'étais trop fatigué pour m'émoustiller avec de vieux présages : la Limande était contre moi et on était enfin le dix-huit août.

Avec Annabelle, on bricolait quelques cerfs-volants qui allaient bientôt illuminer le ciel de leurs couleurs éclatantes. On discutait, meublant tranquillement jusqu'à la veillée aux flambeaux prévue dans la soirée, tandis que la jolie Sara embêtait des groupes disparates, son tuba dans une main et son masque dans l'autre, quémandant qu'on veuille bien l'emmener faire trempette. Les corps s'amollissaient à l'ombre de rares arbustes, de-ci de-là comme des mottes de beurre au bain-marie, fondant sur l'herbe sans parvenir à prendre de décisions tellement qu'il faisait chaud. La messe inaugurale à Notre-Dame-du-Rosaire et la procession avaient été magnifiques, et ça malgré le thème choisi cette année par l'aumônerie des gens du voyage qui nous avait un peu indignés : « Heureux, vous les pauvres. » L'aumônier dépêché, remplaçant celui qu'on connaissait et qui avait pris sa retraite, ressemblait à s'y méprendre à Francis Heaulme, alors avant de réussir à se détendre on avait compté les gosses plutôt deux fois qu'une. Les femmes avaient mis leurs plus belles tenues égayées par d'immenses foulards noirs, rouges et or, et déposé des couronnes de fleurs sur leurs cheveux. Les vieux, coiffés de sombreros, avaient habillé leurs vestes de pochettes et les jeunes avaient enfilé des chemises, un peu trop larges ou un peu trop moulantes portant encore la marque fraîche du pliage, et on avait défilé dans les rues de la ville vers la grotte de Massabielle. Les hommes rivalisaient d'efforts, portant d'énormes cierges sur leurs dos. Se toisant malgré leurs silhouettes courbées par la charge, comme si ça avait été un concours d'un autre genre. Il y avait aussi des croix fabriquées en feuillages et des figurines peintes et brandies au bout de bâtons représentant des roulottes, des hérissons et des oiseaux. En proue du cortège trônait Notre-Dame-des-Gitans et quelques *Sara e Kali* apportées par les différents clans et fastueusement vêtues. Quelle était belle Notre-Dame-des-Gitans avec Son Fils et la petite verdine. Qu'elles étaient miséricordieuses et douces ces statues d'une seule et même femme ayant pitié de nous, frères dans le Christ notre Seigneur. Les habitants étaient à leurs fenêtres et applaudissaient, le cœur plein d'amour et de reconnaissance et cela d'autant plus qu'ils savaient que cette procession signifiait aussi notre départ proche. On avait cheminé tous à l'unisson à travers les rues – Don Diego avec sa courge préférée du moment sur l'épaule, Pepino coiffé d'un haut-de-forme trouvé on ne sait où, les jumeaux rafraîchissant Matilda la Belle avec des éventails à motifs, le père Genepi et Thérésa la Harpie aux équinoxes de la procession – en un cortège semblable à une immense chenille en habit d'Arlequin, accompagné du chœur de cette France catholique par le son des guitares et des violons. Les vieilles psalmodiaient :

« Veille sur nous sainte Marie Ô Notre-Dame-des-Gitans, veille sur nous sainte Marie Ô notre-Dame-des-Gitans. Toi que Jésus choisit pour Mère, tu l'as suivi jusqu'au Calvaire. Reste avec nous dans la vie, sainte Marie. Vois notre peine, notre misère, que nous traînons sur cette terre. Reste avec nous dans la vie, sainte Marie. Avec Jésus la délivrance, dans notre cœur vit l'espérance. Reste avec nous dans la vie, sainte Marie. Notre-Dame-des-Gitans, veille sur nous. Garde-nous aujourd'hui et toujours, Notre-Dame-des-Gitans, veille sur nous. Garde-nous maintenant, aujourd'hui et toujours. Tu nous présentes Jésus. Il nous dit : "Voici ta mère, mon fils." Et je voudrais demeurer ton enfant aujourd'hui mieux qu'hier. Prie pour nous qui prions ton fils Jésus. Obtiens-nous de lui ressembler et de l'aimer, de le servir toujours et aujourd'hui plus qu'hier. Demande à ton fils Jésus de soutenir ceux qui souffrent le plus. Garde tous ceux qui appellent au secours, aujourd'hui comme hier. Notre-Dame-des-Gitans, merci d'être avec nous, de nous montrer le chemin qui conduit à Jésus. Merci Marie de venir à notre rencontre. Nous aimons te prier dans nos maisons ou nos caravanes et chaque fois que nous voyageons. Aide-nous chaque jour, sainte Marie. Nous t'embrassons. »

Arrivés devant la grotte, les enfants couraient en rigolant, les vieux pleuraient et les femmes se signaient compulsivement. Amos s'était approché du micro. Puis, après trois petits coups secs dessus, il a brandi son violon et commencé à jouer, accompagné au chant par la Grande Dora. C'était une histoire, celle de notre peuple mené par la Vierge et confronté à des tas d'épreuves, qu'ils chantaient. La Grande Dora narrait les épreuves et les questions qui taraudent l'âme, et le violon d'Amos c'était la mélodie de l'esprit gitan, qui continue de progresser au cours des siècles et ça quoi qu'il arrive. À chaque fois que le peuple gitan réussissait à vaincre l'un des grands obstacles évoqués dans la chanson, Amos enlevait une corde de son violon et la musique semblait moins éloignée dans le temps et plus proche de nous. Quand il est plus resté une seule corde sur le violon et qu'ils ont salué, on a lancé des hourras et applaudi comme des beaux diables, sifflé entre nos doigts et on s'est prosternés devant la source, sous le Rocher, avant d'aller aux brûloirs pour allumer nos cierges. Nos couronnes et nos croix jonchaient en cadeau l'entrée de la grotte et certains sont allés profiter des bains miraculeux pour leurs insuffisances respiratoires et leurs problèmes d'articulations. Moi, j'avais déposé un cierge pour remercier le Bon Dieu et les saints de cette belle journée et, aussi, pour Isabelle à sa fenêtre et qu'elle trouve le temps moins long. À côté, la jolie Sara priait et j'entendais ses petites lèvres demander que son grand-tonton Pepino fasse pas trop de bêtises, qu'il devienne « plus indépendant », et aussi qu'elle devienne une danseuse célèbre de flamenco, ses beaux cheveux de femme ornés du gros ruban de soie bleue offert par l'Étranger à son arrivée parmi nous.

Désormais, le temps était à la fête en pleine nature. Les cerfs-volants représentant des oiseaux, des phœnix, des caravanes et des polichinelles étant fin prêts, Annabelle et moi on les a distribués. Le champ s'est métamorphosé en un immense patchwork de mille feux, y avait même madame Sido et monsieur Arturo qui étaient venus passer l'après-midi avec nous. Avant que je sois confié à sa mort à la Grande Dora, ma mère me murmurait souvent de prendre le temps d'écouter ce que les choses ont envie de dire. Déjà avant qu'il soit question d'une quelconque initiation, elle m'enseignait des proverbes gitans qui contenaient ce que je travaillerais par la suite. Elle disait par exemple qu'y a du silence que pour les sourds et lors de longues matinées, assis l'un contre l'autre, on tendait l'oreille et elle me demandait : « Alors, est-ce que tu entends ? »

Et on écoutait ce que les sourds entendent pas, notre imagination qui se lançait devant nous en de grandes rafales et qui rendait tout possible. Cet après-midi, je tenais Annabelle dans mes bras, dans ce vaste champ d'herbe, au milieu des cerfs-volants et ça a été mon tour de lui demander. De lui demander si elle voyait le gamin qui s'était envolé et qui s'élevait vers la lune en pleurant, accroché à son fil de cerf-volant bleu. « Eh Annabelle, tu as vu le lac que ses larmes forment en contrebas ? », et elle m'a répondu : « Bien sûr que je le vois. Pepino est déjà en train d'y pêcher des homards bleus pour le repas de ce soir. » Et je lui disais : « Dis, Annabelle, tu as vu le petit qui a mis des bottes de scaphandrier pour que son cerf-volant l'entraîne pas lui aussi ? », et elle me répondait : « Oui, il avait peur de se retrouver sur une planète voisine de celle du geignard et de ne pas réussir à dormir. » « Annabelle, regarde le souffle du vent qui fait dévaler la pente à l'enfant de Miguel. C'est un très vieux vent, pipelette, impossible de lui échapper, le petit va devoir marcher jusqu'à ce qu'il ait fait le tour du globe complet et écouté son histoire. » On était légèrement niais et terriblement bien, comme les gens qui s'aiment et qui croient pas à leur chance de pouvoir se laisser aller à tous les pans de leur nature, même la plus simple et reculée. C'est comme sur une paume de main où se mêlent les perspectives de l'avenir, du passé et du présent, un esprit humain a pas à faire son deuil de certains et de citrons, rivalisant de zèle pour lui plaire dans un ravissement complet.

Après un concours de shots que la Limande a gagné après avoir pris un air de pauvre petite chose pour que les parieurs misent contre elle, seule encore à tenir debout – faut dire qu'y avait pas mal de vieux à cannes –, elle a été portée en triomphe. Comme aucune fille avait jamais remporté un concours de boisson et certainement pas une paia, après bien des tergiversations on a décidé de faire une entaille à nos us et coutumes et on a changé le titre habituel du gagnant du concours, de « Roi de la biture » en « Reine des vendanges tardives ». Ça a pas plu à tout le monde, ce féminisme galopant et ça s'écharpait un peu en parlant traditions et nouveau monde, mais quand pour les remercier de cet effort de guerre elle leur a fait à chacun la bise, subitement y avait plus de hic et ils avaient l'air très heureux des perspectives que le soutien de la cause des femmes pouvait leur apporter, les bougres. « Et vos beaux discours, bande d'apostats ? » que j'ai lancé. Mais Annabelle m'a fiché une bise sur la joue et j'ai relativisé comme les autres.

On est allés s'asseoir près de la Grande Dora, y avait notamment Don Diego et ses courges assises en rang d'oignon, madame Sido et monsieur Arturo. Elle nous parlait souvent des autres familles de gitans, la Grande Dora, et notamment d'une qu'elle appelait « les Dégénérés ». Elle prétendait qu'à force de se marier les uns avec les autres, ils étaient devenus complètement neuneus et que leur gagne-pain, au départ, c'était la contrefaçon de whisky. Arturo a dit à la Grande Dora, ce qui nous a tous beaucoup surpris au point qu'on a cru qu'on avait mal entendu : « Dorita, raconte-moi encore l'histoire des Dégénérés, ça fait si longtemps. » Elle l'a regardé avec une profonde tendresse, Arturo, lui qui était rose de joie sous le ciel bleu avec ses lunettes vissées sur l'arête de son nez. Il a cherché sa main qu'elle lui a laissée avec un bonheur visible, tandis qu'elle racontait : « Ils ont dégoté un chimiste une fois, les Dégénérés, et ils se sont mis à fabriquer leur propre alcool qui, à ce qu'ils disaient, était bien supérieur à celui qui était commercialisé. À force de goûter leurs dérivés de scotch, ils ont fini par claudiquer toute la sainte journée un verre dans chaque main pour comparer et vérifier qu'ils savaient encore y faire. Ils avaient l'équivalent d'une combine par an et elle s'avérait toujours désastreuse. Après leur année "commerce de machines à laver le linge" où ils arrivaient pas à écouler leur matériel vu qu'ils essayaient de le revendre trop cher et que les machines remises à neuf étaient bricolées n'importe comment, ils étaient venus nous voir pour quémander un emprunt. Vous pouvez pas imaginer spectacle plus consternant. Ils étaient là, puant la lessive et l'adoucissant puisque, à défaut d'être riches, au moins leur linge était propre. Mais comme leurs machines étaient mal rafistolées, quand le soleil

Et on écoutait ce que les sourds entendent pas, notre imagination qui se lançait devant nous en de grandes rafales et qui rendait tout possible. Cet après-midi, je tenais Annabelle dans mes bras, dans ce vaste champ d'herbe, au milieu des cerfs-volants et ça a été mon tour de lui demander. De lui demander si elle voyait le gamin qui s'était envolé et qui s'élevait vers la lune en pleurant, accroché à son fil de cerf-volant bleu. « Eh Annabelle, tu as vu le lac que ses larmes forment en contrebas ? », et elle m'a répondu : « Bien sûr que je le vois. Pepino est déjà en train d'y pêcher des homards bleus pour le repas de ce soir. » Et je lui disais : « Dis, Annabelle, tu as vu le petit qui a mis des bottes de scaphandrier pour que son cerf-volant l'entraîne pas lui aussi ? », et elle me répondait : « Oui, il avait peur de se retrouver sur une planète voisine de celle du geignard et de ne pas réussir à dormir. » « Annabelle, regarde le souffle du vent qui fait dévaler la pente à l'enfant de Miguel. C'est un très vieux vent, pipelette, impossible de lui échapper, le petit va devoir marcher jusqu'à ce qu'il ait fait le tour du globe complet et écouté son histoire. » On était légèrement niais et terriblement bien, comme les gens qui s'aiment et qui croient pas à leur chance de pouvoir se laisser aller à tous les pans de leur nature, même la plus simple et reculée. C'est comme sur une paume de main où se mêlent les perspectives de l'avenir, du passé et du présent, un esprit humain a pas à faire son deuil de certains profiter des bains miraculeux pour leurs insuffisances respiratoires et leurs problèmes d'articulations. Moi, j'avais déposé un cierge pour remercier le Bon Dieu et les saints de cette belle journée et, aussi, pour Isabelle à sa fenêtre et qu'elle trouve le temps moins long. À côté, la jolie Sara priait et j'entendais ses petites lèvres demander que son grand-tonton Pepino fasse pas trop de bêtises, qu'il devienne « plus indépendant », et aussi qu'elle devienne une danseuse célèbre de flamenco, ses beaux cheveux de femme ornés du gros ruban de soie bleue offert par l'Étranger à son arrivée parmi nous.

Désormais, le temps était à la fête en pleine nature. Les cerfs-volants représentant des oiseaux, des phœnix, des caravanes et des polichinelles étant fin prêts, Annabelle et moi on les a distribués. Le champ s'est métamorphosé en un immense patchwork de mille feux, y avait même madame Sido et monsieur Arturo qui étaient venus passer l'après-midi avec nous. Avant que je sois confié à sa mort à la Grande Dora, ma mère me murmurait souvent de prendre le temps d'écouter ce que les choses ont envie de dire. Déjà avant qu'il soit question d'une quelconque initiation, elle m'enseignait des proverbes gitans qui contenaient ce que je travaillerais par la suite. Elle disait par exemple qu'y a du silence que pour les sourds et lors de longues matinées, assis l'un contre l'autre, on tendait l'oreille et elle me demandait : « Alors, est-ce que tu entends ? »

registres puisqu'ils vivent toujours en lui. J'aimais bien réfléchir à ce qui se passerait si j'étais englouti par la terre molle et que je ressortais de l'autre côté du globe et je me suis créé une foule de nouvelles connaissances que j'ai énumérées. Y avait notamment un pays où il ventait si fort que les enfants grandissaient sur les toits des maisons, avec pour mission de remplacer les girouettes qui s'envolaient. « Dans ton pays les filles et les garçons se côtoient, non ? » « Mais bien sûr ! Un pays où les hommes et les femmes se détesteraient, tu crois que c'est possible ? » Et on a ri, on a ri parce qu'un pays où les hommes détesteraient les femmes et où les femmes détesteraient les hommes, bah ça créerait des gens bien seuls et névrosés.

Avec ces histoires on a fini par s'endormir, quand un jet de ballon nous a sortis de notre torpeur. Il faisait moins chaud à ce qui semblait, tandis qu'on s'étirait comme des bouts de gomme tièdes. « Elle est où, la petite Sara ? » m'a demandé Annabelle en remettant ses chaussures. « J'ai son cerf-volant, ce serait dommage qu'elle le brandisse pas aux cieux pour les narguer. » La petite Sara avait peint un chat noir tenant une grosse pièce d'or entre ses deux pattes, le museau fendu en un immense sourire. Je me suis poilé en me rappelant sa frayeur et mon astucieux bobard. « *No sé*, sûrement pas loin à faire ses trucs de petite sorcière. Tu sais qu'elle s'est mis en tête qu'avec des incantations elle pouvait commander aux éléments. Un jour je l'ai vue dans une clairière engueuler les nuages et les traiter de paresseux. Garde-le avec toi, on va aller honorer le punch avant le combat de boxe. » De-ci de-là, des groupes de mômes semblaient s'être multipliés comme des petits pains et tapaient à coups de bâton dans des piñatas en forme de maison ou d'immeuble accrochées aux arbres. Pepino, ravi, circulait en dessous pour, quand les gamins le laissaient faire, ramasser de pleines poignées de friandises et s'en bourrer les poches. Un énorme porc tournait tranquillement sur une broche et les hommes se relayaient pour le faire dorer en le badigeonnant de jus. L'odeur était délicieuse et le ciel nous honorait de quelques rafales de vent, certainement pris de pitié pour tout le travail de peinture qui avait été effectué pour l'habiller.

Le punch concocté par Matilda la Belle avait déjà un succès monstre. Y avait une queue gigantesque pour se faire servir et personne savait si c'était pour rendre hommage à celle qui le distribuait ou pour sa saveur particulière, vu que cette année elle y avait rajouté de la banane, l'appelant mystérieusement le punch « Micawber ». Elles se sont à peine regardées, elle et la Limande, quand elle lui a servi son verre en le faisant bien déborder. Annabelle en avait sur les chaussures et ses mains poissaient, mais au lieu de s'énerver elle a juste léché ses doigts et dit : « Un régal ! Merci pour cette double dose ! » Derrière Matilda, ses seconds Pedro et Roberto coupaient des myriades d'oranges cognait et qu'ils transpiraient, leurs cols se mettaient à mousser à cause du tissu mal rincé. Y en a qui en devenaient fous parce qu'ils disaient que ça péguait et il était pas rare d'en croiser le torse nu, se roulant dans l'herbe en demandant pitié à la sainte Vierge ou se grattant à des troncs d'arbres jusqu'au sang. Nous, on leur a dépanné de l'argent, mais que cette fois-là. D'ailleurs Pepino en a profité pour leur faire acheter des crèmes apaisantes qu'il avait fabriquées à base d'orties. » Elle a rigolé, comme nous tous avant de reprendre : « Après, on a entendu dire qu'ils s'étaient presque tous fait coffrer pour contrebande d'essence, les policiers les ayant trouvés en plein schmilblick sur un poids lourd, le ciboulot retourné par les vapeurs vu qu'ils avaient même pas eu la présence d'esprit de mettre des masques. À cette période, Pepino allait cueillir des tomates et des laitues dans les vergers qu'il essayait de leur revendre au parloir de la prison et figurez-vous que le père Genepi y était déjà lui aussi ! C'était un clan d'origine italienne, les Dégénérés, du moins c'est ce que disait leur chef qui aimait le tape-à-l'œil et qui recevait les membres des autres familles, trônant dans une sorte de gondole dorée dans une caravane de style américain, les doigts recouverts de grosses bagues qui n'arrivaient pas à dissimuler que même s'il avait épousé une jeune fille de dix-huit ans, c'était un vieillard envahi par l'arthrose. Il faisait des ultraviolets et se teignait les cheveux d'un noir profond, c'était comme une momie orangée à qui on aurait fichu un toupet et blanchi les ratiches, il nous faisait honte pour l'image qu'il véhiculait de nous, ce vieil épouvantail assumant pas la sarabande des années qui creusent ! »

On a été coupés dans notre discussion par des sifflets : le match annuel de boxe entre clans allait avoir lieu, et cette fois-ci c'était notre tour et de celui des Ferrailleurs de s'affronter. C'était pas les plus doux, les Ferrailleurs, mais ils étaient assez tartes. Le père Genepi nous représentait et dès le départ on s'est fait siffler et moquer à cause du choix de ce poulain qui était pas de la première fraîcheur et plus proche du canasson. En face ils pensaient que c'était le respect des aînés et la bienveillance à l'égard d'un vieux à qui on aurait voulu faire croire qu'il était encore valide qui avait orienté notre choix. C'était vraiment des tartes, les Ferrailleurs ! Bien sûr le type choisi par eux pour affronter la Brindille était bien clinquant de potentialités supputées. C'était une masse de deux mètres de haut tout confite de muscles et on aurait dit Popeye en face, le père Genepi, maigre avec son gros ventre et faisant trois têtes de moins que son adversaire. « Vous êtes sûrs que vous voulez pas changer de boxeur ? » qu'ils nous ont crié, les Ferrailleurs avec leurs dents en or. « Il va devoir faire du saut en hauteur pour l'emporter, c'est dangereux pour son cœur. » Ces ploucs savaient pas à qui ils avaient affaire et ça d'autant plus que la Brindille étant la plupart du temps en prison, ils savaient pas vraiment ce qu'il valait. Comme Popeye, le père Genepi avait son remontant qui était le contenu d'une bière brune toujours à disposition et qu'il a avalée en une gorgée. Puis il s'est essuyé la bouche d'un revers d'avant-bras, avant de se mettre à tourner autour du dolmen qui lui faisait face, agitant les poings comme une mouche qui titillerait une bête de somme. Les coups de poing du Ferrailleur, eux, étaient d'une telle puissance que les mèches de nos cheveux volaient à chaque tentative de sa part d'en ficher un à la Brindille. Chacun de ses pas, de ses reculs, ça faisait sursauter le sol comme un tremblement de terre et on en venait à craindre un échange de perruques chez les vieux assistant au combat, toupets qui se soulevaient et retombaient d'un poc sur leurs crânes lustrés. Nous on tanguait tous, tous sauf le père Genepi et Thérésa la Harpie qui se limait les ongles d'un air suffisant. Miguel qui, bien sûr, avait parié, se grattait compulsivement le menton. Le premier round terminé, le Ferrailleur avait pas touché la Brindille une seule fois et il suait comme une cascade, alors que Genepi bondissait comme un lièvre mécanique sans manifester la moindre fatigue. À la pause, il s'est versé une nouvelle bière dans le gosier et a lancé un regard à Thérésa la Harpie qui lui a répondu par un clin d'œil serein, continuant de se limer les ongles. Pensant avoir l'air plus imposant, le

Ferrailleur avait fait tomber le tee-shirt pour le second round. Sur chacun de ses pectoraux était tatouée une grosse tête de loup hurlant à la lune, les deux se faisant face, et un barbelé verdâtre courait autour des biceps de ses bras épais comme des parpaings. Lui lançant à peine un regard, la Brindille a lui aussi fait tomber sa chemise sous laquelle il avait un marcel d'où sortaient quelques poils argentés, une chaîne en or avec une médaille de la Vierge miraculeuse et sur les bras des tatouages qui représentaient certainement à eux seuls l'équivalent des reliques secrètes du Vatican. Il arborait notamment une grande croix sur la nuque, un chapelet sur l'épaule droite et un Sacré-Cœur sur l'avant-bras gauche. Sur ses coudes, c'était une représentation de Notre-Dame-des-Gitans et sur l'autre une Sainte Face de Jésus avec sa couronne. Il s'est amusé et a dévoilé l'une de ses fesses à son adversaire avant de s'y remettre, juste le haut, où y avait marqué « Mama for ever ». Ça a rendu fou le Ferrailleur qui a tenté de le dérouiller avec encore plus de violence, mais là encore, comme un toréador, la Brindille l'évitait dès qu'il lui fonçait dessus. D'ailleurs le père Genepi, au bout du troisième round, il a carrément pris sa chemise qui était nouée à sa taille et il l'agitait devant son adversaire à chaque fois qu'il lui fonçait dessus. Nous, on reprenait en criant « Olé ! » à l'unisson et en face les Ferrailleurs en menaient pas large et se couvraient le visage de leurs mains devant la honte de ce spectacle d'un minuscule bonhomme de soixante ans faisant courir, comme une dinde, un gaillard gigantesque, rouge et boursouflé d'énervement. Finalement, il y a eu un K.O. au cinquième round et la masse du Ferrailleur s'est effondrée d'elle-même par terre, cuite par le soleil et déshydratée dans ce qui était une autocombustion quasi spontanée. Beau joueur, le père Genepi a versé le contenu d'une de ses canettes de bière brune dans le bec ouvert de son adversaire et il lui a dit : « Benêt, ta mère t'a pas appris à pas te fier aux apparences ? J'ai fait que ça de courir en prison, comment tu crois que j'ai survécu ? Ça c'est un échauffement pour moi », avant, incroyable, d'aller rouler une grosse galoche à Thérésa la Harpie, fière de son homme, et que Miguel le prenne dans ses bras en lui disant qu'il avait jamais douté de lui et que ça faisait bien longtemps qu'il avait pas remporté un pari. On surnommait le perdant le Marshmallow, et les Ferrailleurs sont repartis zoner dans un coin du champ, verts de rage après qu'on leur a demandé si le fer contenu dans les canettes de bière du père Genepi pouvait leur être d'un quelconque secours.

Le méchoui flairait le cuit et a mis fin à nos provocations de cour de récréation. On est tous allés s'asseoir en se pourléchant les babines, tapant comme des mioches de nos couverts sur la table en attendant la mangeaille servie par Matilda la Belle et Thérésa la Harpie. « Où c'est qu'elle est encore, Sara ? » questionnait Pepino qui avait faim et qui supportait pas l'idée de manger froid. « Gina bougresse ! Va donc chercher la gamine, on en tomberait d'inanition nous autres ! », tandis que Don Diego interrogeait ses courges pour savoir si l'une d'entre elles avait pas par hasard vu passer une belle enfant menue, à chevelure de femme. « Elle arrivera pour son moment préféré : le dessert », a ajouté son amie Ana, visiblement enquiquinée que tout le monde vienne lui poser une question à laquelle elle avait pas de réponse, ajoutant un : « Non mais ! Je suis pas sa baby-sitter quand même ! »

On a donc commencé et cela d'autant plus que monsieur Arturo et madame Sido étaient nos invités et qu'on voulait pas avoir l'air d'être de mauvais hôtes. C'était des discussions légères sur le quotidien. Des discussions sur Montpellier, le temps, le prix de l'essence, les légumes de saison. Puis sur l'aspirant maire et ses loustics, le groupe d'alphabétisation et le complexe hôtelier. Moi, j'ai dit que je trouvais l'ambiance à Lourdes étrange cette année. Que c'était comme si y avait quelque chose qui rôdait et que le vieux téléphérique, je l'utiliserais sûrement pas quand il serait remis à neuf, pis que, de toute façon, j'y remettrais pas les pieds. « Pourquoi ? C'est comment là-haut ? » m'ont demandé les jumeaux Pedro et Roberto, intrigués. « C'est un lieu où les vivants et les morts se chamaillent, un lieu où se traînent des espoirs inassouvis et des vanités déçues. C'est macabre et malsain par là-haut. » J'étais fier de ma phrase et j'ai lancé un coup d'œil à la Grande Dora pour lui signifier que j'avais en rien oublié ma vision de la veille et qu'on était d'ailleurs censés en discuter tous les deux. Elle n'écoutait pas un traître mot de la discussion, la Grande Dora. Son air triste s'était accentué et son regard se posait alternativement sur la chaise vide de Sara et sur le panorama montagneux au-delà de nous. Je sentais son inquiétude et même, sa peur. Je l'avais jamais vue ainsi, elle toujours si sereine et rassurante.

Bien sûr, un groupe c'est un mélange d'ingrédients et quand l'une des saveurs manque, ça se ressent tout de suite. Entre l'attitude de la Grande Dora et l'absence de la jolie Sara, le repas s'éternisait, fade et sans osmose. Quand le moment du digestif où elle faisait son habituel flamenco est arrivé, on pouvait plus le nier, sa non-présence occupait toute la place. Après avoir réinterrogé Ana, inquiets de savoir si c'était une blague qu'elles nous faisaient et que si tel était le cas ça avait suffisamment duré, la petite a commencé à pleurer, jurant qu'elle l'avait pas vue depuis le milieu d'après-midi. Le milieu d'après-midi… Avec tout ce temps écoulé, c'était sûr désormais qu'il y avait un problème. La lune avait complètement effacé l'orangé des cieux et on s'est lancés dans une recherche nerveuse aux alentours du campement. Liam, Paco et Miguel ont été voir du côté des champs et des parkings des autres groupes, Ana et ses petites amies là où elles avaient l'habitude de jouer à colin-maillard. La Limande, Amos, Pepino et moi on a pris le chemin de la mairie. En y arrivant y avait encore du monde dont Raymond et Gérard du groupe d'alphabétisation qui était en train de trier des polycopiés et qui s'est à moitié étranglé en nous voyant débarquer. Et puis, tandis qu'Amos signalait la disparition de Sara, la Limande et moi on a attendu, attendu et encore attendu. On était impatients de rentrer au campement pour savoir si les autres l'avaient retrouvée, Sara, et quand ça a enfin été terminé et que Raymond est redescendu avec Amos, il a tenté de nous rassurer en disant qu'il fallait qu'on aille dormir, que Sara s'était simplement perdue et qu'on allait la retrouver sous peu en pleine forme. Tandis qu'on s'éloignait, j'ai entendu Gérard dire à Raymond que c'était pas étonnant ce qui nous arrivait, vu qu'on prostituait nos enfants et qu'Amos était, comme il le savait bien, un proxénète notoire.

Je me rappellerai toute ma vie cette attente terrible. Les vieux priaient, à Notre-Dame-du-Rosaire, à Saint-Joseph, à Sainte-Bernadette, dans la crypte de l'Immaculée-Conception, sur l'esplanade de la basilique, sur le chemin de croix des Espélugues, sur celui de la prairie, dans leurs caravanes, devant les calvaires jalonnant les routes, partout, pour qu'on nous rende notre petite Sara. Pepino implorait la sainte Vierge, marchandait, jurait qu'il aurait plus jamais d'idées de magouilles et qu'il engueulerait plus Gina si on lui rendait sa princesse. Don Diego semblait ne plus voir ses courges et restait alité, indifférent à l'odeur de maturation de certaines, lui qui les aspergeait pourtant si quotidiennement de parfum. Miguel se lançait dans des battues exténuantes avec Pedro et Roberto, alors que sa femme et Matilda la Belle s'angoissaient à pas pouvoir s'occuper. Le père Genepi et Thérésa la Harpie faisaient figure d'automates déboulonnés l'un à côté de l'autre, muets, et les vieilles sentaient et touchaient les affaires de la gamine, gémissant et poussant des cris pour la faire revenir. L'abbé Heaulme en charge de notre pèlerinage était là lui aussi, disculpé pour pas nous avoir quittés depuis la procession, désarmé et essayant de trouver des paroles réconfortantes, quand le seul à vivre, c'était bien Livio, lui qui continuait d'écarteler des sauterelles et d'emprisonner des bourdons dans des pièges constitués de bouteilles en plastique découpées dans lesquelles il avait versé de la grenadine. L'Étranger avait disparu quant à lui, mais personne pensait à le chercher. La Grande Dora restait muette face à nos questions et aux rares récriminations qui parfois éclataient à cause de la tension palpable. Les nôtres fouillaient les bois, c'était notre élément la nature, alors on guettait des signes dans la végétation, on parcourait les rives du torrent, on fouillait des cavernes dissimulées, on observait le haut des arbres, on gravissait la montagne et on revenait exténués au petit matin, avant de recommencer la nuit d'après. C'était comme si la nature était devenue muette : les grenouilles ne coassaient plus, les chèvres ne paissaient plus et, nous aidant dans notre quête, les rapaces scrutaient le moindre dénivelé pierreux pour y trouver notre enfant.

Ce n'est que trois jours et trois nuits après qu'elle a été retrouvée, la petite Sara. Son corps sans vie avait été déplacé par le courant et Raymond a raconté à Amos que le paysan qui l'avait trouvée avait d'abord cru à une apparition surnaturelle. Elle était dans l'eau, ses beaux cheveux de femme défaits flottant comme des algues noires autour de son corps frêle, d'une blancheur éclatante, baigné par le soleil et pleuré par un saule l'ayant retenu dans son feuillage. En une couronne, ses branchages s'étaient emmêlés à sa coiffure épaisse, maintenant son visage hors de l'eau. Dans cette chapelle verte et paisible, ses longs cils faisaient de l'ombre sur deux joues encore rondes d'enfance. Elle semblait dormir, enfin c'est toujours ce qu'on dit quand quelqu'un est retrouvé mort.

Notre deuil, c'est vite devenu quelque chose de régional. Les politicards pour qui tout malheur est bon rivalisaient de discours de solidarité, pensant qu'en prenant la lumière à nos côtés ça pouvait leur apporter de nouveaux électeurs et ils encourageaient les sédentaires à venir partager notre peine. Les feuilles de chou du coin relayaient notre perte avec des titres putassiers comme « La communauté gitane perd pied ». Il y en a même qui laissaient sous-entendre que la petite Sara aurait été jetée à l'eau après avoir subi des sévices, mais y avait aussi de beaux gestes. On nous envoyait des brassées de fleurs, tandis que les enfants venaient déposer des bougies aux abords de nos campements, sans oser approcher de peur de troubler notre deuil et parce que les parents avaient l'habitude de dire qu'on enlevait les gamins. La télé locale aussi est venue, pour faire du sensationnel et rentabiliser en feuilletonnant, et Amos a bondi en disant : « Y a pas d'temps à perdre, y a pas d'temps à perdre », et il les a chassés en leur criant que la misère et la tristesse, c'est pas pour distraire des légumineux en mal de sensations sur leur canapé. Celui qui maintenait un semblant de cohésion dans l'épreuve, c'était Amos, la Grande Dora était trop ébranlée et elle ne parlait plus du tout depuis le soir de ce semblant de veillée aux flambeaux lors de la disparition de Sara.

L'autopsie a révélé que Sara était morte noyée, mais comme elle avait des marques au niveau des poignets, la police est venue pour enquêter et ils ont commencé à questionner sec, nous bien sûr, mais aussi ceux des autres clans, qui partageaient notre deuil mais qui étaient de plus en plus embêtés parce qu'ils étaient pas tous très blancs et très nets. Un soir, ils ont annoncé qu'ils allaient devoir partir avant l'enterrement de la petite Sara, vu qu'ils craignaient qu'on remonte à des histoires anciennes avec leurs livrets et carnets de circulation. Nous concernant, la police essayait d'établir les liens de parenté des membres du groupe et pourquoi c'était son grand-oncle qui avait la garde de Sara. C'était un choc des cultures. Ils comprenaient pas où était la mère, si le père l'avait reconnue, où était le papier prouvant que Pepino était en charge de la petite. Ils avaient d'ailleurs pas du tout l'air content que Pepino puisse être en charge de qui que ce soit, semblant douter de sa santé psychique. Ils voulaient savoir pourquoi une enfant mineure qui savait pas nager était partie toute seule comme ça. Ils soupçonnaient une fugue, une dispute familiale ayant mal tourné – c'était louche que personne l'ait accompagnée se baigner, Sara, qu'ils disaient en boucle et ils avaient pas tort. Ils ont aussi interrogé Annabelle, les policiers, pour savoir si elle avait constaté des signes de maltraitance envers les enfants. Nous, on s'offusquait pas et on collaborait, après tout ils cherchaient juste à nous aider.

Le matin où les autres clans avaient décidé de quitter Lourdes, on a eu la surprise d'entendre un remue-ménage de tous les diables et de voir débarquer Geronimo, le chef du clan des Centaures, à la tête de cinq gars à l'air très énervés. Au milieu d'eux, il y avait Livio, pâle, affolé, maîtrisé par les épaules. « On l'a trouvé en train de faire ça », a dit Geronimo, et dans ses bras y avait une petite guenon, une petite guenon étranglée, le cou enserré dans un ruban de soie bleu. « C'était celle de ma fille. Faut être un monstre… » a dit l'un des Centaures comprenant pas que le choc qui était le nôtre était pas seulement lié au constat sordide de ce meurtre. Livio, lui, avait immédiatement saisi ce qui nous mettait en émoi et il gardait les yeux baissés, serrant les dents de rage de s'être fait prendre la main dans le sac comme un débutant. Ce ruban qui enserrait le cou de la guenon, c'était celui de la petite Sara, celui offert par l'Étranger et qu'elle portait le jour de la procession avant de disparaître, voilà ce qui nous laissait sans voix.

Le soir, la nouvelle de cette découverte avait fait le tour des différents clans et on s'est tous réunis. Les plus vieux étaient assis sur des chaises devant, ceux plus gaillards debout derrière ou hissés sur la pointe des pieds pour mieux observer. On formait comme un amphithéâtre de silhouettes au creux des montagnes qui s'élevaient de part et d'autre de notre champ, attendant un aveu qui se répercuterait en écho contre les parois de pierres jusqu'au Très-Haut. Au centre, il y avait la Grande Dora, Amos, Pepino, Livio et ses parents – Livio qui était lamentablement assis par terre, l'air à demi hagard mais bel et bien haineux. Amos a pris la parole et lui a demandé s'il avait quelque chose à dire pour sa défense. Les parents de Livio semblaient tristes mais pas franchement surpris, comme s'ils s'attendaient à ce que de manigance en manigance quelque chose de très grave arrive à cause de leur gosse, et que ça y était, que rien aurait pu être pire, mais que ça y était enfin. Amos a pris le ruban bleu de Sara et le lui a brandi sous le nez vu qu'il refusait de répondre. « Pourquoi tu l'avais le ruban de Sara, Livio ? Pourquoi ? Toi ! » Il a fallu attendre une grosse minute avant que Livio explose : « Et qu'est-ce que ça prouve ? Qu'est-ce que ça prouve ? Vous êtes prêts à me condamner pour avoir trouvé un ruban qui aurait pu tomber par terre ? Ah ! Elle est belle votre conception de la famille. C'est le Moyen Âge ici ! » Puis, voyant que ses arguments ne semblaient pas plaider pour sa possible innocence, il a repris : « Et si elle me l'avait donné, Sara, ce ruban, hein ? Vous y avez pensé à ça ? Vous avez aucune preuve des saletés dont vous aimeriez me faire porter le chapeau. Vous m'y avez vu d'ailleurs à votre procession ? Impossible ! Ce jour-là je l'ai entièrement passé dans ma caravane. Vous avez aucune preuve contre moi et vous le savez ! C'est des suspicions tout ça, des suspicions parce que vous me détestez tous. Ça suffit pas pour condamner quelqu'un, des suspicions. Elle s'est noyée, un point c'est tout, mais comme vous l'acceptez pas vous cherchez un coupable ! » Et effectivement, même sachant tous qu'il avait fait quelque chose de grave, on était démunis parce qu'on avait aucune preuve et qu'un pressentiment c'est pas suffisant pour condamner un homme. Mais soudain une interjection s'est élevée de derrière le groupe agglutiné et madame Sido et monsieur Arturo ont fait irruption parmi nous, lui appuyé sur son avant-bras : « Eh bien si, justement, il y a une preuve de ton méfait. Papa, répète ce que tu m'as dit avoir entendu le jour de la procession. Tu sais, ce que tu as entendu juste avant le match de boxe du père Genepi. » Arturo a alors pris la parole, toujours appuyé sur le bras de madame Sido : « Y faisait très chaud ce jour-là et moi je me déplace, disons, à mon rythme, à cause de mes vieilles quilles. Ma fille, qui a un sale caractère mais bon cœur, elle est allée me chercher un verre de punch tandis que je reprenais mon souffle en bordure du champ. Y avait la queue, je pense, parce que ça a pris un sacré temps et j'étais tout dans mes pensées quand une petite main s'est posée sur la mienne. C'était la *carina* Sara et elle m'a dit "Bonjour monsieur Arturo, j'ai vu madame Sido qui double dans la queue, y'en a plus pour très longtemps, tenez le coup !" Elle était pas seule et quand elle s'est éloignée elle a dit : "Tu es bien gentil Livio de m'accompagner faire mon entraînement. Avec le punch et la chaleur personne veut se baigner aujourd'hui." Alors, sur la tête de ma fille, bah il a pas passé son après-midi dans sa caravane, celui-là. Pour le reste, moi, j'en sais pas plus ! »

Livio a pas attendu qu'Amos le réinterroge et il a glapi : « Mais vous allez pas croire cet infirme ! Il a rien vu ! » puis, changeant de tactique, acculé il a chouiné : « Vous me détestez tous, depuis toujours, de toute façon. Je suis parti même pas un quart d'heure avec elle et je l'ai laissée seule. C'est peut-être ceux de la région qui ont fait ça. C'est des dégueulasses par ici. Et vous… », il a désigné ses parents sur le côté d'un mouvement de tête méprisant, « vous, à toujours être de leur côté. Et vous, vous ! » qu'il a dit à la Grande Dora, « vous qui m'avez fait comme je suis. À me juger dès ma naissance. Vous donnez un surnom à tout le monde, sauf à moi et vous pensez que j'aurais eu le choix d'être autre chose que ça », et il a cette fois-ci désigné le ruban. La Grande Dora a baissé la tête comme si elle était d'accord avec ce que disait Livio tandis qu'il surenchérissait : « Vous m'avez toujours montré du doigt. Vous m'avez toujours traité différemment des autres. Même les gadjé, ils ont plus de cœur que vous. C'est ma faute si je suis pas comme vous ? Si ça m'ennuie vos soirées qui s'arrêtent jamais, vos histoires anciennes qu'on connaît par cœur, vos beuveries à la guitare. Cette vie sur les routes, comme des lépreux dont personne ne veut. Ça fait quoi selon vous, à l'école, d'être traité comme le manouche, comme le paria, d'être moqué par des gamins stupides qui pensent que vous vous lavez pas et que vous parlez pas français, parce que vous vivez dans une roulotte. Ça fait quoi des récréations où assis tout seul on vous balance des pièces de monnaie en se foutant de votre gueule comme si vous faisiez la manche pour que vous puissiez "acheter du pain et de l'anti-poux", ça fait quoi d'être moqué parce qu'on a des fringues pourries héritées d'autres gamins qui les ont déjà portées pour faire des économies. Vous avez déjà pensé à ce que ça fait d'infliger ça à son gamin, de le faire naître pour qu'il soit rejeté par les autres, pour qu'il doive se battre toute sa vie. Votre fierté ? Mais gardez-la votre fierté. Et puis fierté de quoi ? De pas avoir le cran de s'attacher à un endroit ? C'est ça votre fierté ? De fuir sans cesse ? Mais vous choisissez rien, vous subissez, vous êtes libres de rien. Mais regardez-vous, vous êtes sur la route pas par choix mais par obligation ! On vous chasse ! » et son regard s'arrêtait sur les uns et les autres. « Vous êtes pauvres, vous êtes pas respectés par les pays qui vous accueillent. On nous caricature comme des "mange-tes-morts", comme des saltimbanques qui récoltent des conserves, comme des alcooliques bedonnants qui font la manche en buvant de la bière et en jouant de la mandoline. Elle est horrible votre vie. J'en veux pas moi de votre vie. Lui m'a montré ce que vous êtes, l'Étranger. Votre saleté, votre manque d'ambition, votre lâcheté face à la vie réelle ! Et c'est quoi ça ? », là il a alternativement désigné Pepino et Don Diego. « C'est ça la famille ? Les liens du sang ? C'est se coltiner des boulets, des vieux gâteux qui nous font passer pour des dégénérés aux yeux des autres. Et elle, cette lèche-bottes que vous traitiez tous comme une princesse et qui y croyait. Vous vouliez qu'elle termine comment, vous autres ? Obèse dans sa caravane avec une robe de flamenco en synthétique et une flopée de marmots ? Sur la route, encore et toujours ? La route la route la route ! », il tapait du pied avec violence, chargeant ce mot de coups, ce mot qu'il semblait détester. « Vous vouliez la voir faire la manche, supplier les sédentaires, faire des passes pour arrondir les fins de mois, votre petite Sara ? Parce qu'elle allait pas rester "petite" la petite Sara, ni jolie d'ailleurs, à s'occuper de ce qu'on lui avait légué : ce vieux-là ! », et il a pointé un index accusateur dans la direction de Pepino qui sanglotait. « Ce vieux fou qui parle avec une morte, c'est un exemple pour une enfant, c'est ça ? Et c'est moi qui ai eu tort ? Elle s'est pas débattue longtemps, je peux vous dire, Sara. Elle est partie soulagée, oui, soulagée ! Loin de vos salades de fils du vent. Elle le savait bien que la fierté gitane, elle existe pas et que les soirées où on chante et on danse, c'est un cache-misère de journées hideuses et humiliantes. Grâce à moi, elle aura pas à faire du "folklore", Sara ! Y en avait que pour elle, comme le dit l'Étranger, que pour elle ! Mais maintenant qu'elle est plus là, vous l'avez devant les yeux votre vérité. Vous pouvez plus vous voiler la face sur ce que vous êtes maintenant ! » Il ne niait plus, Livio. Il crachait son fiel et on ressentait cet esprit du Malin qu'on cherche habituellement à l'extérieur, sur les chemins ou dans les recoins sombres des forêts et qui était là, dans notre sang. Cet adversaire qu'on avait tant combattu était revenu sans crier gare, insidieusement et il avait choisi le plus faible des nôtres pour nous ébranler. Il était là où on avait pas eu idée de le chercher, indissociable de notre histoire, de nos transhumances, encore et toujours sur nos talons, comme un masque à deux faces où l'une rit et l'autre pleure. Un corbeau perché sur une branche au-dessus de nous s'est mis à croasser, croasser. C'était Lui qui riait de notre stupeur, nous, pauvres petits gitans tombant des nues. Il riait, il riait des dissensions futures qu'il voyait suite à ce deuil dont on viendrait jamais à bout, il riait de notre naïveté et de notre orgueil, de nos hardes passées, rapiécées de trompe-la-mort. Il riait de la pureté et de la cohésion qu'il foulait aux pieds. Il riait de la zizanie complète, son œuvre. En une vague immense, la colère a tout englouti de notre humanité, ne laissant dans le sillon de son ressac que morcellement et rancunes. On éructait.

« Tuons-le ! » a crié Matilda, les yeux révulsés. « Il a avoué ! »

« On est pas comme les paios, pas de quartier pour les tueurs d'enfants ! » a repris Miguel, secoué de hoquets de haine comme s'il allait vomir.

« Tu perds rien pour attendre ! »

« On va te faire avaler le Gave en entier, vipère ! »

« Je vais le massacrer, la prison moi j'en ai rien à faire d'y retourner ! » a lancé le père Genepi à l'adresse des autres.

L'idée était séduisante, effectivement le père Genepi était pas à ça près, et rien ne disait qu'on le mettrait au coffre si le corps était suffisamment bien caché. Les parents de Livio pleuraient tandis que les Ferrailleurs faisaient craquer leurs doigts et que les femmes, échevelées, dressaient leurs poings, réclamant vengeance à leurs maris, vengeance pour cette enfant qu'on leur avait prise, vengeance pour l'ordre naturel bafoué. D'un mouvement commun les hommes ont essayé de se jeter sur Livio. Amos seul faisait barrage de son corps, tentant vainement de calmer l'ire qui détruisait en nous la façade de grands concepts désormais inhabités – la Morale, la Droiture, la Tempérance.

C'est là que la Grande Dora a imposé le silence, se levant subitement de sa chaise, son visage olive sous son chignon blanc ruisselant de larmes. Elle s'est approchée de Livio pour prendre sa main entre les siennes, à lui qui résistait, qui résistait, puis qui la lui a finalement laissée, étonné. Elle en a doucement parcouru les lignes, du bout de son doigt brun, et les a embrassées. Au bout d'un moment qui a semblé une éternité, l'apparence de Livio s'est modifiée, il s'est voûté et son visage s'est défroissé. C'était comme si une lutte permanente et qui l'avait construit – contre le monde, contre nous et contre lui-même – le quittait pour de bon. C'était redevenu un enfant, Livio, un enfant enfin baptisé, et deux grandes ailes noires ont pris leur envol au-dessus de nous.

Je suis retourné au Béout pour crier ma colère ; je l'ai appelé, je l'ai défié, mais plus une trace de sa présence. Agenouillé dans la poussière, au milieu des ruines de l'ossature du vieux téléphérique, seul flottait un silence clair et paisible, quelques bourdons butinant çà et là, indifférents à ma peine. Le dimanche vingt-quatre août, on enterrait notre enfant après un vote ayant décidé qu'elle resterait à Lourdes et que madame Sido et monsieur Arturo fleuriraient régulièrement sa tombe. Les vieilles lui avaient mis sa robe à volants préférée, celle qui moulait son buste qu'une poitrine de femme n'honorerait jamais et, comme deux sœurs, Thérésa et Mathilda ont tressé en deux nattes ses longs cheveux de femme. Avant que les fossoyeurs ne referment le cercueil en bois de rosier, on est tous venus l'embrasser sur le front. Annabelle, devant l'abbé Heaulme et Raymond, a déposé le cerf-volant de Sara entre ses deux bras. « C'est bon maintenant », qu'elle a dit Annabelle, « elle va le voir voler. » Et on a de nouveau circulé dans les artères de Lourdes, mais cette fois-ci tous de noir vêtus et portant à bout de bras le corps d'une Vierge humaine qui, on le savait, allait elle aussi ressusciter à la droite du Père notre Seigneur, qu'elle enquiquinerait avec ses superstitions. Ana chantait pour son amie, de sa voix enfantine et mélodieuse et il a commencé à pleuvoir, fort, puis de plus en plus fort. L'eau lavait les rues du mal qui les avait contaminées et c'était comme une grande lessive qui nous trempait, nous autres gitans et aussi les rangées de gadjé qui étaient venus pour partager notre peine. Le visage de Notre-Dame-des-Gitans en proue de cortège ruisselait de larmes célestes.

Au matin, la tombe de Sara était si fleurie qu'un couple de chardonnerets en avait fait son nid.

Les policiers et Raymond sont venus chercher Livio. On ne l'a plus jamais revu.

Ça a causé beaucoup de tracas ce qui avait été soulevé de cette vie qui était la nôtre, sans attaches, à cheminer de par les routes. Est-ce qu'on s'était trompés et est-ce que ça signifiait quelque chose de continuer à vivre comme ça, aussi durement et à l'écart. Y avait ceux qui disaient qu'ils comprenaient et ceux qui comprenaient pas. Y avait ceux qui disaient qu'il fallait penser aux jeunes et qu'on devrait leur demander s'ils étaient d'accord de vivre cette vie-là de famille et ceux qui disaient qu'il manquerait plus que ça, de demander l'autorisation, et que sans la tradition, les us et coutumes, on serait comme les autres : assaillis par la mélancolie occidentale de l'homme sédentaire qui vit pas chaque jour comme le dernier et sait plus rendre grâce. Y aurait plus de légèreté et sans légèreté sur le tragique, sans les danses et le chant qui égaient et donnent vie à nos disparus, c'est une steppe morne et à perte de vue jusqu'au cercueil, ça avait plus de sens. Nous, on aimait Arlequin, on aimait les polichinelles parce que c'étaient des figures de l'adaptation. Ces personnages, nos héros, ils prenaient rien au tragique malgré la dureté de devoir survivre et de gagner leur pain, ils avaient jamais honte de mendier, de faire rire, de jouer, jongler, parce qu'ils avaient un costume et qu'il était joyeux, toujours brillant, surprenant et mouvant. Moi, c'est le dernier soir où j'ai véritablement compris ce que Livio avait soulevé comme problème « métaphysique ». Avec Annabelle on faisait les autruches, sans parler du départ et de ce qui allait advenir de nous deux. J'avais surpris des regards de la Grande Dora qui nous regardait de manière interrogative, mais qui se serait pas permis de me donner le moindre conseil vu que j'étais un homme et que c'était à moi de faire un choix, surtout après ce qui s'était déroulé. Est-ce que j'allais décider de rester, de devenir un sédentaire pour Annabelle qui me disait que je trouverais facilement un emploi dans la région, surtout avec les projets de modernisation de Lourdes. Est-ce que j'allais me créer ma vie, ma famille, est-ce que c'était suffisant de vivre comme ça ou est-ce que j'allais continuer de perpétuer l'esprit de ceux qui avaient disparu, par tradition, et me sacrifier. Était-ce un sacrifice, d'ailleurs ? J'en menais pas large, paralysé que j'étais devant un choix à faire et me connaissant pas suffisamment pour savoir ce que je désirais véritablement. Des choix, y a des gens qui en font, mais nous les gitans, c'est des décisions qu'on prend parce que notre existence, elle est déjà écrite. Je me disais à quoi bon tout ça, en regardant Pepino, Don Diego, Amos et les miens, tristes et silencieux, en regardant nos caravanes et en sentant la douce main de la Limande dans la mienne. On était près du feu, les roulottes rangées et prêtes pour le départ du lendemain, même si on partait pas tous au même moment et j'avais Annabelle qui avait sa main dans la mienne, silencieuse et incapable de me poser la question qui lui taraudait l'esprit et à laquelle moi-même j'avais pas la réponse quand Matilda la Belle s'est soudainement levée et dirigée vers le feu. Elle nous a tous regardés, puis elle a arrêté ses yeux sur moi, a levé son bras vers le ciel et écarté l'un des longs pans de sa robe au-dessus du genou. Toujours me fixant, elle a poursuivi son moulinet du poignet tandis que les claquements de doigts et de mains et le chant d'une guitare s'élevaient pour l'accompagner. C'était un flamenco particulier qu'elle dansait, l'un des plus appréciés chez nos femmes, celui où la danseuse défie l'une de ses rivales et fait valoir sa supériorité. Ce que j'y ai vu, c'était soudain clair et c'était que sans nos filles, sans cette fierté qui était la nôtre, sans ce groupe et cette eucharistie de la seconde qui nous était propre, il faisait froid, horriblement froid. La solitude que ressent l'homme sédentaire, lâché seul sur le globe où il tente de s'arrimer, ce soir-là je l'ai ressentie et c'était inhumain. M'éloigner de ce groupe, c'eût été comme m'éloigner loin d'un feu dans une forêt obscure et glacée, sans limites et infinie. Être seul, définitivement seul. Notre mélancolie, c'était pas comme pour eux. On avait une tristesse des âmes qu'on portait en nous, de notre histoire, du jour qui se couche et du matin qui se lève, mais on était liés à la nature, à la terre et à ceux d'avant. Nous, c'était une nostalgie du temps de notre grandeur, d'un monde habité par le spirituel qu'on portait avec nous, des grandes passions qui avaient disparu, mais c'était aucunement cette tristesse d'un homme abandonné et qui ne sait pas d'où il vient ni là où il va et qui, donc, reste sur place et qui relativise. Le malheur de l'homme moderne, c'était qu'il s'était dit qu'il devait faire des choix et non prendre des décisions, voilà ce que je me répétais, et là où la décision pousse sur une terre déjà irriguée, celle du choix, on en arrache les racines préexistantes, les forces nourricières qui alimentent une tige plus épaisse et plus droite. Cette tige dont le destin est le tuteur.

C'était comme un djinn qui courait dans les veines de Matilda la Belle ce soir-là et qui aurait laissé parler son être et l'âme gitane qui y était contenue. Elle avait le *duende* et c'était vigoureux, ce corps musclé et altier battant la terre du pied en un *zapateado* furieux et désignant les étoiles de ses doigts tournant sur eux-mêmes et semblant dire : tout passe et le monde continu, c'est ainsi, il faut prendre cela avec philosophie et avec joie. Son corps, c'était le point de jonction entre la Terre et le ciel, le pivot de l'existence qui danse entre ce qui sourd ici-bas et ce qui se trame là-haut, elle incarnait le cordon ombilical sacré qui joint l'instant à l'universel, l'individu à la marche du cosmos. Elle était la réponse, la façon de vivre, la seule qui permette de continuer. Quand la danse s'est terminée, je me suis éloigné avec Annabelle et je l'ai raccompagné jusqu'à sa porte, devant cette même maison blanche ressemblant à l'idée que je me faisais des maisons grecques, exotiques, enviables, ces maisons qui véhiculent des fantasmes, mais qui ne sont pas nos ports d'attache et de cœur. On avait compris tous les deux, quand on s'est embrassés longuement, et elle est rentrée, sans un mot de plus, avec ses deux petites chevilles fragiles et sa nuque fière à l'intérieur de la maison. À la fenêtre, elle m'a fait un dernier signe de la main puis la maison a été plongée dans l'obscurité.

Le lendemain, je partais sous des rideaux de pluie, avec pour seul souvenir de cet été-là le couteau que monsieur Arturo m'avait offert. Quand elle m'avait vu arriver, la Grande Dora avait souri, d'un grand sourire lumineux et englobant. J'étais à ma place et Amos, après lui avoir lancé un clin d'œil, en rentrant dans son engin qui sentait la pinède vu qu'il s'obstinait à utiliser des parfums d'intérieur kitsch pour véhicules, ce qui rendait malades les pauvres types ayant eu le malheur de faire du stop, a dit : « Bon. Y a pas d'temps à perdre alors, y a pas d'temps à perdre. » Et dans le chant des chardonnerets, on a quitté les lacets noueux des routes menant à Lourdes, sous le déluge qui les briquait à grande eau.

Des années plus tard, alors qu'elle était les pieds dans l'eau d'un torrent à triturer le bout de sa pipe, la Grande Dora s'est arrêtée de fumer et m'a dit : « Vas-y, pose-la ta question, je sens qu'elle te brûle les lèvres. » Comme aucun de nous n'avait plus jamais mentionné l'évènement, j'ai un peu hésité, mais comme elle a froncé les sourcils en me disant : « C'est pour aujourd'hui ou pour demain, bougre d'âne ? », je lui ai demandé : « Vous saviez ce qui allait se passer, madame Dora, alors, pourquoi vous avez rien fait ? Pourquoi vous l'avez laissé venir parmi nous ? » Elle a attendu un petit moment, en continuant de tirer sur sa pipe, puis elle a répondu : « Tu crois que c'est du papier à musique, la destinée ? Que la mélodie est déjà toute tracée ? » Elle s'est arrêtée, et le regard dans le vague elle a murmuré : « Il y a une chose que la magie pourra jamais faire disparaître, bougre d'âne, c'est la liberté de faire un choix en toute conscience. La deuxième chose, c'est qu'un gitan ne peut pas refuser l'hospitalité si on la lui demande. Même Lui doit être le bienvenu à notre table. Il le savait, bien sûr. » Je me suis tu et elle aussi, j'ai repris la lecture des journaux. Quelque temps plus tard, elle m'a de nouveau fait interrompre la lecture des actualités : « Un jour, tu m'as demandé quel était mon secret, tu te rappelles ? » « Oui », que j'ai répondu, surpris, « je me rappelle bien, madame Dora, c'était avant que vous me blaguiez en me disant qu'il manquerait plus que ce soit un homme qui hérite de votre pipe. Vous trichiez en jouant aux ricochets. » Elle m'a regardé avec un air tendre et fatigué et m'a dit : « J'ai eu un amour dans ma vie, bougre d'âne, un seul et il s'appelait Arturo. C'est avec lui que j'ai eu Sido, ma fille. Il gagnait bien sa vie à l'époque, Arturo, et moi, bah je vous avais. Il l'a éduquée comme il fallait, Sido, même si elle boit trop et qu'elle cache les bouteilles vides à des endroits inconcevables dans sa maison pour qu'Arturo bute pas dessus. Mais tel père telle fille, hein », et elle m'a fait un petit clin d'œil complice. Puis, elle m'a mis sa pipe dans ma main et a caressé le manche entaillé de marques de dents des différentes femmes de sa famille de ses gros doigts rugueux. « Tu as vu, bougre d'âne, on dirait une partition de musique, *do ré mi fa sol la si.* Il manque le *do.* Sido, c'est elle qui le fera quand tu lui auras remis la pipe. Ça va pas être simple pour elle », elle a rigolé la Grande Dora, « vu qu'elle a plusieurs bridges dans le bec, va falloir qu'elle s'exerce. » Après un silence, j'ai repris à la rubrique « faits divers », mais comme la Grande Dora commençait à piquer du nez, elle m'a demandé d'arrêter ma lecture et d'aller voir plus loin si elle y était pas. Vers la fin de l'après-midi quand je suis venu la chercher, elle était étendue sur le dos dans l'herbe grasse et haute, ses pieds aux chevilles fines étaient encore dans l'eau et remuaient un peu, au gré du courant. Son regard fixe était tout droit planté dans la nef du ciel et la valse des nuages ombrageait par endroits son visage à la peau épaisse et ravinée par le temps.

Composition : Nord Compo
Impression : CPI Bussière en mai 2021
Éditions Albin Michel
22, rue Huyghens, 75014 Paris
www.albin-michel.fr
ISBN : 978-2-226-46097-4
N° d'édition : 24452/01 – N° d'impression : 2057180
Dépôt légal : août 2021
Imprimé en France